I Was Spoken For

Rafael Patkanian

ԵՍ ՆՇԱՆԱԾ ԷԻ

(Ճշգրիտ անցք իմ հիշատակարանից)

Րաֆայել Պատկանյան

I Was Spoken For

Copyright © 2014 by Indo-European Publishing

Contact:
IndoEuropeanPublishing@gmail.com

ISNB: 978-1-60444-765-1

ԵՍ ՆՇԱՆԱԾ ԷԻ

© Հնդեվրոպական Հրատարակչություն, 2014

Հրատարակված է Ամերիկայի Միացյալ Նահանգներում:

Կապ՝
IndoEuropeanPublishing@gmail.com

ISNB: 978-1-60444-765-1

Ա

185* թվականի ձմեռը այնպիսի ցրտեր էր անում, որ մինչև քաղաքիս վաղուցվա բնակիչները զարմանում էին, և նոցա մտքին չէր գալիս, որ այդպիսի ցուրտ եղանակ նոցա ժամանակները պատահած լիներ: Ձյունը ցրտությունեն կարծրացած, պնդացած՝ ման եկողի ոտերի տակ ճրզճրզում, ճռնչում էր, մարդոց բերնեն գոլորշիքը այնպիսի առատությամբ էր դուրս գալիս, որ աչքի առաջ թանձր մեգ էր ձևացնում և խափան էր լինում յուրմեն երկու քայլափոխ կեցած առարկաները ջոկելու, զանազանելու: Մարդ չէր համարձակվում յուր մարմնու որևիցե մասը դուրս հանել, թե՛ ձեռքի մատները, թե՛ քիթը, թե՛ ականջները, եթե տաք չլինեին փաթաթած, երկու րոպեում սառում-փետանում էին: Դժվար էր շունչ առնելը, ամեն շունչ առնելիս՝ ասես թե կայծակներ էիր կուլ տալիս: Ոտով ման եկողը չէր գնում յուր սովորական քայլվածքով, այլ զորությունը հասածի չափ վազում էր, որ ոտերը ցրտին չտար:

Այս այն չարաշուք ձմեռն էր, երբ քաղաքում գռիփ ցավը և խոլեռան իրար հետ դաշնակից էին դարձել և սաստիկ կոտորած էին անում սոսկացած ժողովրդի մեջ: Եթե մարդը համբերություն ունենար կանգնելու նորաշեն քարե կամրջի վրա (որ քաղաքը Վասիլի կղզիի հետ միավորվում է) և առավոտից մինչև մթնակոխը մնար այստեղ՝ հավատացնում եմ, որ մինչև երկու հարյուր հաղարկավորություն կհամրեր զանազան աստիճանի և կոչման մեռելներու. բայց մանավանդ մեռնող աղքատներու թիվը շատ էր այն ժմեռ: Թեպետ այսպիսի մեծ և բազմամարդ քաղաքումը, ինչպես որ Պետերբուրգն է, առանց մահտարաժամի էլ մեռնողներու թիվը շատ է, բայց թե հետաքրքրություն անեիր և հարցնեիր ամեն մոտեղ անցկացրած հանգուցյալը ի՞նչ մահով է մեռել, համարձակ կարող եմ ասել, որ հիսունից մեկը հազիվ բնական մահով կլիներ մեռած, մնացյալները կամ գռիփով, կամ խոլեռայով կլինեին բռնված: Երկու ամսվա հասած էի քաղաքս, Եզոպոսի ծղրիդի նման՝ ժմեռվա համար վաղորոք չէի հոգս տարել, մի թեթև չուխայի վերարկու առանց աստառի, մի ուսանողական հին նշանազգեստ, այս էին ահա իմ մրսոտ մարմնու պաշտպանները, միանգամայն պանդուխտ էի այս օտար տեղումն, բացի քանի մի չքավոր հայ ուսանողներե՝ ոչ ոքի հետ ծանոթություն չունեի, ոչ մեկի հետ գնալ-գալ, չունեի, ի՞նչ եմ ասում, կարողություն ևս ունենալու չէի ոտս տնեն դուրս կոխելու, եթե բնակարանիս տաքության աստիճանը դրսի եղանակին չհավասարեր: Բայց այնպիսի բնակարան, ինչպես որ մերն էր (ես կենում էի Գեղարվեստից ճեմարանի աշակերտի հետ, անունը Հովհաննես, ազգով հայ), կասկածելի է, որ հյուրասիրություն խոստանար նաև բուն հյուսիսումն ծնածին, այսինքն ցրտի սովորած մարդու: Մեղք է ասելը, որ հնոցը չէին վառում կամ վառելիքը խնայում էին, ո՛չ. բայց երբ որ տանը չորս պատից, տափից և վերնից փչում էր քամին, երբ որ հնացած պատուհաններից ծեփը փշրվել ցած էր ընկել և նոցա թողած ծակերից ցուրտը ազատ ներս էր մտնում՝ ի՞նչ վառելիք կդիմանար այդպիսի ախոռին: Ճարերս ի՞նչ էր. ո՛չ ես և ո՛չ ընկերս փող ունեինք, որ կարողանայինք բնակարաններս փոխել, բայց այս, ուր կենում էինք՝ ձրի էր մեզ տված մարդասիրությամբ մեկ բարերարի...: Ո՞վ գիտե, գուցե ասում էլիներ մտքումը «խեղճ հայեր են... տունը դատարկ կա... թող կենան իրանց համար...»: Եվ մենք կրկնելով առածը թե՝ անճարը ուտամ է բանջարը, կենում էինք, վա՛յ էն հալին: Ահա՛ այն ձմեռն էր, որ ստացա հազը, որն որ մինչև այս օրս չարչարում է կուրծքս...

Ինչպես ասացի, բոլոր այն ձմեռը գրեթե շարունակ չորս ամիս սաստիկ ցուրտը կայնել էր. ուրեմն և այն օրը, որտեղից սկսում եմ փոքրիկ պատմությունս, նմանապես ցուրտ էր:

Ցերեկվա ժամը 11-ն էր, որ վազեվազ հոգնած տուն էի շտապում Գաբրիել Ա...ի մոտից: Նոր կամրջին որ հասա՝ առաջ գնալը արդեն անհնարին էր. մի հարուստ հանգուցյալ էին տանում թաղելու. կառքերը, ոտով գնացողները այնքան շատ էին, որ պետք էր կես ժամ սպասել, որ նոքա անցնեին և ապա թե ազատ կարողանայի առաջ գնալու: Գրեթե կամրջի կեսին էի հասել, մին էլ տեսնեմ հետևիցս վազեվազ մեկ ուրիշ մեռելակառք էր գալիս, երևի որ աղքատ հանգուցյալ էր դորա մեջինը, որովհետև բացի երկու պառավե և մի մատաղահաս աղջկանե՝ ուրիշ ոչ ոք չէր հուղարկավորում նորան: Պառավները իրար հետ պինդ-պինդ խոսում էին, ինչպես կարծում եմ, իրանց առօրյա ապրուստի վրա, և որքան կարողացա նկատելու՝ նոքա ամեննին կարեկից չէին հանգուցյալին, այլ ասես թե ակամա էին կատարում այդ սրբազան պարտավորությունը:

Բայց ուրիշ մտածողություն կաներ ովնիցե, եթե մեկ բարակ նայեր աղջկա վրա: Ճշմարիտ է, որ նա աղիողորմ ձայնով չէր լալիս, մազերը չէր փետփետում, երկինք, գետին, ծով ու սարեր չէր կանչում, կարեկից իր սրտի վշտին, բայց նորա տխուր և անմխիթար կերպարանքին, նորա արյունկոխ աչքերի մեջ պարզ նկարված էին այն ներքին պատերազմը, այն կսկծեցուցիչ դարդը, որ նորա հոգին էին տանջում:

Չգիտեմ, ինչո՞ւ գրավեց սիրտս այս տեսարանը, որովհետչև, կենալով Սմոլենսկու գերեզմանատան մոտերումը՝ պատուհանես ամեն օր տեսնում էի հարյուրավոր այդպիսի տխուր ծեսեր և աչքս արդեն սովորած էր այդ բանին: Բայց մեկ գաղտնի ձայն ասում էր ինձ՝ «դու էլ գնա այդ մեռելակառքի հետեից. կարեկցիր ոչ այնքան հանգուցյալին, որ արդեն երկրավոր օգնության կարոտ չէ, որքան այս մենավոր որբուկին, որ գուցե յուր վերջին ապավենը տանում է հողին ավանդելու»:

Ի՞նչ ասեմ, քրիստոնեական պարտավորությունն էր արդյոք, թե՞ միայնակ մատաղահաս աղջկա ներկայությունը, որ ստիպեց ինձ, բայց ես առանց ինքս ինձի հաշիվ տալու գնացի այդ աղքատ հուղարկավորության հետևեն։ Ո՛չ աղջիկը, և ո՛չ պառավները ուշադրություն դարձացին վրաս, ամենքն էլ իրանց մտքերովն էին զբաղված։

Ժամանակ առ ժամանակ աչքերս ծածուկ դարձնելով աղջկա վրա, տեսա որ նա գեղեցիկ էր. հասակը բարձր, իրանքը նազուկ և ճկուն, երեսի գծագրությունքը ազնիվ, խելոք և բարի, մազերը թուխ, աչքերը սև (հյուսիսային երկրումը հազվագյուտ է այդ), ունքը կամարաձև, գնացքը հանձնապաստան։ Եթե նորա արտաքին հանգամանքեն եզրակացություն անելու լինեի՝ աղջիկը աղքատ հոր ու մոր զավակ պիտի լիներ, իսկ եթե նորա դեմքեն բան ուզենայի հասկանալու՝ նա ազնիվ գերդաստանե պիտի լիներ։ Մի անթափանցելի գաղտնիք կար, որ ես իզուր աշխատում էի մեկնելու, բայց այն ներքին ձայնը, որ ամեն ծանրակշիռ պարագայում մարգարեաբար խոսում է մեջս և որ երբեք չէ խաբել ինձ, ասում էր թե՝ արդեն մեկիս մեկի վիճակ վճռվել է. բայց դեպի բարին կամ չարն՝ ոչ ոք չէր կարող նախագուշակելու այն միջոցին։

Այսպես՝ չորս հոգի լուռ ու տխուր հասանք մինչի Սմոլենսկի կամուրջի մոտ. այս այն տեղն է, ուր ճանապարհը երեք ճյուղի է բաժանվում, մեկը տանում է դեպի ռուսաց գերեզմանատունը, մյուսը հայոց, իսկ երրորդը՝ կաթոլիկի և լուտերականաց։ Կառապանը, երևի թե առաջվանե խրատած չէր, մեռելակառքը ուղիղ դեպի ռուսացն էր տանում։ Պառավներեն մեկը ասաց մյուսին. «Կարծեմ որ հանգուցյալը ռուս չպիտի լինի, խոսելից երևում էր որ նեմքա էր, ինչո՞ւ ապա կառապանը դեպի ռուսաց գերեզմանատուն է տանում»:

— Չգիտեմ,— պատասխանեց մյուս պառավը,— կարելի է որ կնքված է մեր հավատին:

— Ուրեմն լավ է, որ աղջկանեն հարցնենք: Լսե՛, աղջիկ, դու ի՞նչ հավատի ես:

Աղջիկը յուր տխուր մտածության մեջ ընկղմված՝ ուշք չէր դարձնում, թե ինչ էր կատարվում նրա չորս կողմը: Պառավը յուր հարցմունքը առավել պինդ կրկնեց և այս անգամին ռուսի գռեհիկ ժողովրդին սեփական կոպտությամբ քաշեց նորա թիկնոցի փեշը և ավելացուց. «Սատանան գիտե, թե ինչպես հիմար ազգ է այս նեմեց ազգը, ռուսերեն պարզ ասում եմ՝ չի հասկանում, անիծածներ, տե՛ր, դա ներե իմ մեղքը»:

Աղջիկը շվարած նայեցավ նոցա երեսին և պատասխան չտվեց: Ես հասկացա իսկույն, որ նա ռուսերեն չէ խոսում և հարցուցի գաղղիերեն:

— Mademoisele, ces dames igorent la religion de la defunte et elles sont dans un grand embarras (Օրիորդ, այս կանայքը չգիտեն, հանգուցյալը ի՛նչ կրոն էր դավանում, այդ պատճառով մեծ վարանաց մեջ են):

— Me mere etait lutherienne (Մայրս լյութերական էր),— ասաց և նորից ընկավ յուր առաջվա հոգեկան թմրության մեջ:

Իսկույն հրամայեցի կառապանին, որ ձիերը դարձնէ և տանէ դէպի լուտերականաց գերեզմանատունը, որից փոքր–ինչ հեռացել էր։ Կառապա՞նն էր հարբած, անիվնե՞րն էին ծուռ, թե ձիերը շշկըլված, չգիտեմ, միայն թե կառքը դարձնելիս մազ մնաց, որ դագաղը ցած ընկներ, և եթե ես աչքս անդադար նորա վրա չունենայի՝ անշուշտ կառքը և նորա վրայի մեռելով դագաղը գետնին պիտի գլորվեին։ Ժամանակ չկորցրած, իսկույն վազեցի, աջ ուսս դեմ տվի մեռելակառքին և ձեռով դագաղը բռնեցի և այդպես մնացի, մինչև որ կառապանը հաջողությամբ դարձուց կառքը։ Բայց երբ որ վտանգը անցավ, և մենք մտանք գերեզմանատան բակը՝ ի՞նչ տեսնեմ, հալավս արյունով թաթախվել էր, երևի թե դագաղը բռնելու ժամանակ՝ անզգուշությամբ ձեռքս սուր երկաթի էի կպցրել, որովհետև լայն խոցված կար վրան։

— Mein Gott, sie sind verwundet (Աստված իմ, դուք վիրավորված եք),— ասաց ինձ աղջիկը գերմաներեն։

— Մի՛ վախենար, թեթև քերթված է,— պատասխանեցի, ցավից ատամներս կրճտելով, որովհետև խոցի բերանը ցրտին չդիմանալով՝ այնպես կսկծում էր, որ ցավը ուղեղս էր հասնում։ Ձեռս տարի գրպանս, որ թաշկինակս հանեմ և փաթաթեմ խոցը, բայց ավա՜ղ, Գաբրիելի տանն էի մոռացել։ Աղջիկը հասկացավ կարոտությունս, կարմրելով հանեց տվավ իր բեհեզյա թաշկինակը և ժամանակ չտվավ շնորհակալություն անելու, իսկույն գնաց մինչև մեռելակառքի կանգնած տեղը։ Այս բոլոր անցքը այնպես շուտ կատարվեց, որ պառավները չնկատեցին նորա բացակայությունը, և երբ որ գլուխները դարձուցին՝ աղջիկը արդեն նոցա մոտ էր: Վիրավորված ձեռքս թաշկինակով փաթաթելիս՝ տեսա նորա վրա M. V. տառերը ասեղնագործած կարմիր թելերով: Քիչ մնաց որ խելքս գլխիցս թռչեր, այս ի՞նչ անթափանցելի գաղտնիք է, մտածեցի, մի՞թե իմ և նորա անվանց և մականվանց սկզբնատառերը միևնույնն են. մի՞թե կույր դիպվածը ուզում է ծիծաղել վրաս, մի՞թե նախախնամությունը անտեսանելի ճանապարհներով իմ և այս աղջկա վիճակը միավորում է. ինչպե՞ս մեկնեմ կամրջի վրա իրար հանդիպելներս, իմ կարեկցելը այս աղջկան (որ ուրիշ անգամ կարելի է առանց տպավորության կթողնեի մոտես անցնելու), իմ ասպետական անձնազոհությունը՝ կառքը և դագաղը գլորվելե ազատելիս, և վերջապես՝ իմ անունը և մականունը դրոշմած այս չնաշխարհիկ աղջկա թաշկինակի վրա: Կրկին և կրկին անգամ նայում էի տառերու վրա, և աչքերուս չէի հավատում, կարծում էի, որ այդ ամենը երազ էին: Բայց ո՛չ. ամեն բան առաջվա պես էր. լուսերականաց գերեզմանատունը, մեռելակառքը դագաղով, սիրուն աղջիկը տխուր դեմքով, ես՝ վիրավորված ձեռքով, ցրտից սառած մարմնով...

Ուզում էի երթալ աղջկա մոտ և այս տարօրինակ պատահմունքի մեկնությունը խնդրել, բայց հետո խելքս գլուխս ժողովելով՝ զսպեցի ինքս ինձի, մի՞թե ներելի է, մտածեցի, այսպիսի հանդիսավոր ժամանակ իմ անտեղի և տխմար հետաքրքրությունը լցնելու և, դիտավորությունս թողի ուրիշ և առավել հաջողակ ժամանակվա:

Երբ որ մոտեցա կանանց՝ նոքա վարանաց մեջ էին, թե ինչպես ցած առնուն դագաղը մեռելակառքեն: Թեպետ բակը մարդիկով լիքն էր, բայց ամենքը իրանց գործով և մտածմունքով զբաղած՝ ոչ ոք չէր շտապում վերջին պարտավորությունը հատուցանելու անտեր մեռելին: Աղջիկը անհանգիստ աչքերը դարձուց իր չորս կողմը, ու ես իսկույն հասկացա նորա մտքի խորհուրդը: Խնդրեցի կառապանին, որ բռնե դագաղի մեկ ծայրը, մյուսը ես առի ձեռս և այնպես դյուրությամբ ցած դրինք դագաղը, այնպես թեթև էր, որ եթե կառապանն ևս չհոժարեր օգնելու՝ ես մենակ կարող էի բարձրացնել, երևի, կարծեցի մտքումս, երկարատև ծյուրախտով տանջվել է խեղճ հանգուցյալը: Հետո նորից բարձրացուցինք դագաղը, տարինք դրինք նոր փորած գերեզմանի մոտ: Այն օրը գերմանացոց գերեզմանատանը տասնից ավելի մեռելներ կային թաղելու, պաստորը գլուխը կորցրել էր. չգիտեր որի՞ն առաջ թաղեր, ի՞նչ ասել կուզե, որ մեր անտերունչ հանգուցյալը միանգամայն երեսե ընկած մնացել էր:

Գնացի պաստորի մոտ, ամեն բան մեկնեցի և խնդրեցի, որ շտապե մեկ վերահասություն անելու՝ կարեկցելով աղջկա ցավալի վիճակին: Պաստորը կարճ և անհամբեր կերպով ասաց. «Որ մեկիդ հասնեմ... մի՞թե աղքատությունը իրավունք է տալիս լրբանալու... համբերեցեք, կամ եթե ավելի լավը ուզում եք՝ ինքներդ առանց ինձ թաղեցեք, ես հետո կուգամ և կկարդամ հանգստյան աղոթքը, մի՞թե չեք տեսնում, որ ժամանակը ստիպողական է...»:

Երևի դոցա սովորությունը այսպես է, ասացի ինքս

ինձի ու գնացի աղջկա մոտ և կրկնեցի նորա առաջ պաստորեն լամծս:

— Ինչպես գիտեք՝ այնպես արեք,— ասաց աղջիկը: Երկու պառավը անհամբերությամբ առաջ ու ետ ման էին գալիս և ամենևին միտք չէին անում այս դժվարությանը օգնություն հասցնելու: Նոցա ճմռռտած և դեղնած շուրթերից անորոշ և անկապ խոսքեր էին դուրս գալիս, և ես կարծում եմ, որ շուտով անեծք լինեին, քան թե հանգստյան աղոթք խեղճ մեռելի վրա: Արդեն զորություն չունեի դիմանալու, սիրտս սկսավ մղձկալ, արտասուքը պլլաց աչքերես և սառեցավ երեսիս վրա, ձայնս դողդողաց: Չգիտեմ, ի՜նչ քարե սիրտ պիտի լիներ, որ չշարժեր այսպիսի արտասվելի վայրկենին. խեղճ հանգուցյալը հեռի ամենայն սիրելի բարեկամե, (գուցե) օտար երկրումը, մարդկային վերջի օգնութենեն զրկված և կամ, որ առավել վատթար է՝ այս անգութ, անսիրտ պառավների հոգսին ձգած. այս թշվառ որբուկը՝ յուր մոր առջև կանգնած, թմրած հոգվով և մարմնով, նմանապես, հեռու կարեկից սրտե, որի թեթև, հազուստը ամենևին չէին արգելում դառնաշունչ ցրտին նորա քնքուշ մարմինը փետացնելու... Ա՜խ, քստմնելի է այս պատկերը, որ, տարաբախտաբար, շատ սովորական է մայրաքաղաքումս: Բայց պետք էր վերջ դնել դորան:

— Օրիո՛րդ,— ասացի աղջկանը,— տվեք վերջին մնաս բարևը Ձեր հանգուցյալ մորը, ժամանակն է արդեն թաղելու:

Կարծես թե խորը քնից զարթեցավ թշվառականը, կարծես թե այս ամենը երազումն էր տեսել: Մոլորված աչքեր դարձուց վրաս. — Was wollen sie? (Ի՞նչ եք կամենում)— ասաց, չճանաչելով ինձ: Ես կրկնեցի ասածս և մատով ցույց տվի նորան մոր դագաղը:

— Und ist das wahr, dass Mutter gestorben ist? (Ուրեմն ճշմարի՞տ է, որ մայրս մեռած է),— ասաց նա կողկողագին ձայնով, ընկավ դագաղի վրա, պինդ գրկեց և թալկացավ:

Պառավները առաջվա պես անշարժ և անզգա մտիկ էին անում այս սրտաշարժ տեսարանի վրա, ոչ մի կարեկից խոսք, ոչ մի մարդասեր գործ: Հինգ րոպեի չափ մնաց աղջիկը այդ դրությամբ: Ես արդեն սկսա երկյուղ կրելու, չլինի՞ թե աղջկան մեկ չար դիպված պատահի, ուժս մեկ արի, մոտեցա և սկսա մխիթարական խոսքեր ասելով՝ կամաց-կամաց ուշքի բերելու:

Առանց մեկ դիմադարձության աղջիկը հեցավ ուսիս վրա և ոտքի կանգնեցավ. արդեն երեսի վրա չէր երևում այն հուսահատ տխրությունը, որ քանի մի ժամանակ առաջ երևել էր:

Իմ բախտից գերեզմանը խոր չէր փորած, մտա մեջը և նորից խնդրեցի կառապանին, որ ինձ օգնե դագաղը փոսի մեջ իջեցնելու: Երկար ժամանակ ցրտումը կենալով՝ մատերս փետացել, անզգայացել էին. և երբ որ դագաղի օղակը բռնեցի՝ քիչ մնաց որ ձեռքես բաց էի թողնում, այնքան անզորացել էին մատերս: Այս անգամ գերեզմանի մեջ ավելի դժվարությամբ իջեցրինք դագաղը, քան թե փոքր առաջ՝ մեռելակառքից. բայց ինչ և իցե՝ երկու հոգի արինք այն, որ ուրիշ և առավել հաջողակ դիպվածներումը տասը-քսան հոգի են կատարում: Ճեղ փոսի մեջ հազիվհազ տեղավորվում էր դագաղը, բայց և այնպես ես ստիպված էի նորա մեջ առաջ ու ետ շարժիլ, որ դագաղին վայելուչ դրություն տամ. ինչ որ ես այն ժամանակ քաշեցի՝ արյունածարավ թշնամիիս չեմ ցանկանում...

Վերջապես ամեն բան կատարելուց հետո՝ դուրս եկա փոսեն, եռանկյունակս (այն ժամանակ տակավին սաստիկ արգելված էր ուսանողներուն գդակ հագնելը) լցրի հողով և առաջարկեցի աղջկանը, որ մոր վրա հող ածե: Աղջիկը հանեց ձեռքի թաթպանները և երեք անգամ լիքը ազուռով հող ցանեց մորը վրա. Auf wiedersehen, meine gute Mutter (Ցտեսություն, իմ լավ մայր) ասաց հազիվ լսելի ձայնով, ծունր դրեց փոսի մոտ. գլուխը դրավ գետնին ե սկսավ աղոթք անելու: Քամին, որ անդադար փչում էր, այն րոպեին այնպես սաստկացավ, որ հարյուրամյա եղևնիները սկսեցին շարժիլ, և նոցա ճյուղերից շատ եղյամ թափթփվեցավ և կիսով չափ ծածկեց աղջկանը. երանի չէ՛ր լինիլ, որ մի անգամով թաղել էի այս երկու թշվառականներն, որոնցից մեկը մեռած էր, մյուսը կիսամեռ: Ա՜խ, կան ուրեմն մարդուս կյանքումը այնպիսի րոպեներ, երբ նա մահը առավել մեծ երջանկություն է համարում, քան թե կյանքը... Կարդացո՛ղ, ինչո՞ւ զարմանում ես դու, որ ես այդ աղջըկանը մահ էի ցանկանում, դու որ արդեն սկսել ես նկատել իմ սերը դեպի նա, մի՞թե չես կարծում, որ այդ ցանկությունս խելացնորություն էր: Լսե՛ ուրեմն իմ արդարանալը: Ես՝ որ աչքես չէի բաց թողնում աղջկա ամենափոքրիկ շարժմունքը, մորը վրա հող ածելու ժամանակ տեսա նորա մատին մի ոսկյա մատանի, որ պարզ նշան է նորա հարսնախոսությանը: Չգիտեմ ինչո՛ւ, բայց այն րոպեին եթե աղջիկը տեղն ի տեղ մեռել էր՝ ես ինձի ամենաերջանիկ մարդը կհամարեի աշխարհիս երեսին: Հանկարծ թուլացավ կարեկցությունս դեպի նա. նախանձը արդեն սպրդել էր հոգուս մեջ. քանի մի ժամանակ առաջ ես կարծում էի, որ նորա միակ տերը և պաշտպանը ես եմ. բայց ոսկե մատանին ցույց տվավ, որ կա մեկ ուրիշը, որ առավել իրավունք ուներ նրա երախտագիտության, թերևս (կարծում էի) այս րոպեիս ծունր դրած մորը գերեզմանի առաջ՝ նա սոսկալի երդումներ է տալիս հավատարիմ մնալու յուր սրտի ընտրածին... Այսպիսի անհիմն կասկածներով թունավորում էի հոգիս և պղծում էի այս վեհ րոպեներու մեծահանդիսությունը:

Աղջիկը տեղեն վեր կացավ, արտասուքը սրբեց թիկնոցի փեշով, բայց գլուխը քարշ արած անդադար նայում էր ձյունաթաղ դագաղի վրա և մտքով մնաս բարև էր անում յուր մորը: Նորա երեսը նայելիս՝ միանգամայն ցրվեցան իմ սև կասկածանքը, մի՞թե կարծում էի մտքումս, այս անմեղ հոգին թաքցնել գիտե հոգու շարժմունքը, մի՞թե բացի այդ օրհասական մատանիեն ուրիշ ապացույց չէի կարող նկատել նորա վրա. եթե դա սիրում է՝ ո՞ւր է ապա նորա սիրո առարկան. ինչո՞ւ թողել է իր նազելիին բախտի կամացը և այս երկու ջատուկներու1 հոգացողությանը, եթե դա փեսա ունի՝ ինչո՞ւ ապա այս ցուրտ եղանակին այսպես աղքատ հալավ է հագած... այս անհիմն եզրակացությունները բավականին մխիթարեցին վրդոված երևակայությունս, ու ես նոր եռանդով սկսա հոգս տանել աղջկա վրա:

Փոսի մոտ կար մեկ թի ու մեկ բահ. բահը ես առի, թին տվի կառապանին և միասին սկսանք գերեզմանը հողով լցնել: Անհամբեր պառավները կամենալով շտապեցնել այս տխուր ծեսի վերջը՝ ոտերով հողը շպրտում էին գերեզմանի մեջ: Ամբողջ կես ժամ հազիվ կարողացանք փոսը լցնել: Պառավները չսպասեցին պաստորի գալուն և հեռացան մեզանից, կառապանը նմանապես գլխարկը հագավ ու գնաց իր բանին: Մնացինք ես և աղջիկը:

Եկավ պաստորը, իր ձեռքը բռնած գրքից ի՛նչ ասես կարդաց, փոքրիկ մխիթարական ճառ ասաց ժողովրդին (այսինքն՝ ինձ և աղջկանը) իբր թե՝ մահը անհրաժեշտ ամենիս հասնելու է. առաքինին համբերում է, միայն ցնորամիտը հուսահատում է, և այլն, և այլն, և կարծելով որ աղջկա հոգու մեջ լիովին թափեց հոգեշահ բալասանը՝ ինքն իրմեն բավական, գնաց շարունակելու յուր կոչումն ուրիշ հանգուցյալներու վրա:

Քամին սաստկագին փչում էր, գետնին նոր ընկած ձյունը հավաքում էր ու բարձր դեպի երկինք էր ձգում, գերեզմանատան շիրիմներու և ծառերու մեջ պտուտակվելով՝ հազար կերպ անճոռնի նվագներ էր հորինում, որ խիստ հարմար էր այսպիսի տխուր ժամին: Արդեն ժամը երեքի մոտ էր. այլևս զորություն չկար վրաս ցրտին դիմանալու, երեսս պնդացրի ու ասացի աղջկանը:

— Օրիորդ, այսուհետև ոչինչ օգնել չէ կարելի ձեր ցավին՝ լալով և հուսահատվելով այստեղ, պետք է ձեր վրա ևս փոքր-ինչ հոգս անեք, եղանակը անտանելի ցուրտ է. ձեր վրայի թեթև հալավը հյուսիսի դառնաշունչ եղանակի համար կտրած չէ՛... Եվ միտս չէ՝ էլ ի՞նչ դորա նման բաներ ասացի, որոնք խիստ անտեղի էին այսպիսի սրտաշարժ պարագայում:

Աղջիկը աչքերը ցած խոնարհած պատասխանեց.

— Այժմ ես չեմ կարող գտնել իմ կեցած տունը, տանտիկինս թողաց ինձ այստեղ և միտք չարավ, որ ես ամենևին չեմ ճանաչում Պետերբուրգի փողոցները, ամիս ավել չկա, որ այստեղ եմ:

— Գոնե գիտե՞ք, ո՛ր փողոցումն է ձեր բնակած տունը:

— Ո՛չ:

— Ունի՞ք որևէ ծանոթ կամ բարեկամ:

— Ո՛չ:

Ի՞նչ անեի, ո՞ր քարին տայի գլուխս, ո՞ւր տանեի, ո՞րին հանձնեի այս որբուկ թշվառականին այնպիսի ապականված տեղումն, ինչպես որ Պետերբուրգն է, որի պիղծ շնչից խամրում, թառամում է ամենայն դալար հոգի։

Ինչպես վերը ասացի, իմ բնակարանը Սմոլենսկի գերեզմանատան մոտերումն էր, ուրեմն շատ մոտ էր մեր կեցած տեղին։

— Երթանք,— ասացի աղջկանը, գուցե աստուծո օգնությամբ մեկ բան կարողանամ մտածելու այս դժվար հանգամանքումն։

Ուսանողին պատշաճ քաղաքավարությամբ՝ աջ կառս առաջարկեցի աղջկանը և խնդրեցի, որ փոքր-ինչ շուտ ման գա և միասին գնացինք դեպի իմ կեցած տունը։ Երբ հասանք դռան մոտ՝ խնդրեցի նորան, որ փոքր-ինչ սպասե, խոստանալով որ շատ հետ կդառնամ։

Մտա ներս։ Ընկերս մեջքի վրա պառկած անկողնակալի վրա, ձեռքերը գլխի տակ դրած, աչքերը դեպի վեր դարձուցած՝ աշխատում էր թուքը առիքին հասցնելու։

— Էդ ի՞նչ ես անում, Հովհաննես,— ասացի՝ նորա տարօրինակ պարապմունքի վրա ծիծաղելով։

— Ոչինչ, մեկ սահաթ է որ՝ էս անպիտան տառաքանին ուզում եմ թքով ցած ձգել։

— Մեկ պահ թող որսդ, լսե, բան անիմ քեզ ասելու։

— Ասա էլի, որսս քեզ ի՞նչ զարար է տալի.— ու նորից ըսկսավ թքերը բերնեն դեպի առիք արձակելու։

— Մոտդ քսան կոպեկ չունի՞ս,— ասացի, թեև առաջվանե հաստատ գիտեի, որ «չէ» պիտի ասեր։

— Ո՞ր քսան կոպեկն է քու ասածը,— պատասխանեց Հովհաննեսը զարմացած,— ես կարծում էի, հետդ գոնե վեց կոպեկ կբերես՝ երեքը ճրագի համար և երեքը՝ երկու գրվանքա սև հացի, մի՞թե չգիտես, որ երեկվանե մեկ կտոր հաց էր մնացել, որ այսօր առավոտը թեյի հետ կերա, ժամը 11-ից բերանս բան դրած չեմ. ես քու գալուն սպասում էի, ինչպես ջհուդները Մեսիայի գալուն, շաքար էլ չունինք. վերջի ծխախոտն էլ երկու ժամ առաջ քաշեցի պրծա։

Աչքս դարձուցի դատարկ սենյակի չորս խորշերին, բացի քանի մի գրքե և համալսարանական ձեռագիրներես՝ ոչինչ չտեսա։ Աչքս դարձուցի վրաս... ո՜վ սքանչելիք... խելացնորի պես դուրս թռա սենյակեն։

— Միքայե՜լ, սպասի՜ր, բան եմ ասում,— ասաց ետևես Հովհաննեսը, բայց ես չսպասեցի նորա ասելու բանին, և երբ որ դուրսն էի՝ ականջիս հասնում էին խեղճ սոված ընկերոջս կողկողագին աղաչանքը, որ ետ դառնամ և լսեմ նորա խնդիրքը, որ ըստ երևույթին այս պիտի լիներ. «Ինչպե՞ս ճարենք փոքր-ինչ ճրագ, փոքր-ինչ հաց և փոքր-ինչ ծխախոտ», ուսանողի և ուսանողի նման մարդոց չափավոր պիտույքը աշխարհիս երեսին։

Ավա՜ղ, իմ ականջը խլացել էր ու սիրտս փակվել էր ընկերոջս համար։ Ուրիշ հոգացողություն ծնել էր մեջս, որ մինչև այն օրը ինձ միանգամայն չէր հայտնի: Եթե իմանայի, որ Ննայի խոր հատակումը քանի մի ռուբլի փող կա՝ առանց երկար միտք անելու, մահը գլխովս առած, կվազեի ու կհանեի...

Գուցե՛ կարդացողը կհարցնի, թե ի՞նչ է պատճառը, որ ես խելագարի պես սենյակես դուրս փախա, ի՞նչ հույս ունեի ցավիս ճար ու դարդիս դարման անելու: Ահա՛, կարճ խոսքով մեկնեմ շտապով տնից դուրս վազելուս պատճառը: Գաբրիելի մոտ որ էի՝ դուրս գալիս սխալմամբ իմ հին կրկնակոշիկի տեղ՝ նորա նորը հագա ոտիս, և երբ որ աչքս ընկավ նորա վրան՝ գլխումս բան ծագեցավ: Հիմի հասկացա՞ք միտքս: Կարծո՞ւմ եք, թե ծախել էի ուզում, ոչ: Առանց ծախելու ևս կարելի էր նորան դեպի բարին գործածել: Այս տեղումը մեկ առօրյա սովորություն կա, որ ընդհանրապես տարածված է ուսանողաց և ուսանողի նման մարդոց մեջ. այդ սովորության անունը գրավ դնել է. զոր օրինակ, եթե գիտես, որ ծանոթիդ մեկը ունի ժամացույց, մատանի, կրծքի քորոց և այլն, եթե մեկ օր տեսար այդ ծանոթիդ առանց այդ իրեղենների՝ հենց իմացիր, որ հարցմունքիդ՝ թե «ո՞ւր է այս կամ այն ինչ առարկադ», պատասխան ստանալու ես «ուսում առնելու եմ տվել», որ ուրիշ խոսքով նշանակում է՝ թե «ջհուդի մոտ գրավ եմ դրել»: Հիմի հասկացա՞ք, որ ոտիս նոր կրկնակոշիկները միևնույնն էին, թե գրպանումս մանեթ կամ մանեթուկես ունենայի:

— Գնա՛նք,— ասացի աղջկանը. աստված մեզ օգնեց. այժմ ամեն բան դեպի լավը կերթա:

— Անմեկնելի շնորհակալ եմ ձեզնեն. ինչո՞վ արժանացել էի ձեր այդպիսի մեծահոգությանը,— ասաց նա այնպիսի քաղցր ձայնով, որ ես միանգամայն մոռացա այն չարչարանքը, որ կրել էի ամբողջ չորս ժամ՝ այս ցուրտ եղանակին բաց օդի տակ մնալով:

— Կառապա՛ն, շո՛ւտ,— ասացի այնպիսի հրամայական ձայնով, որ ով գիտե ինքը հարուստ Լ... Մ...քը արտասանած չլիներ յուր կյանքումը:

Մեկ ակնթարթում չորս հինգ կառապան վազեվազ եկան, մեկը մյուսի ձին պարսավելով և յուր ձիուն արագոտնությունը գովելով՝ առաջարկեցին յուրյանց ծառայությունը:

Արդեն մեկ ոտս սահնակի մեջն էր և մյուսը գետնին, որ ետևես մեկ ծանոթ ձայն կանչեց.

— Միքայել, էս ո՞ւր, քանի վախտ ա հառա եմ տալի՝ չես լըսըմ: Էս ի՞նչ ա իլել քեզ, հմպարտացել ես... էս դուշը հորտեղա՞ն ես խփել:

— Ա՛, Ալեքսան, դու ես...

— Ախպեր, տրիստն ասեմ՝ հորսդ լավ ես արել...

— Խնդրեմ, թող էդ խոսքերը, դրա վախտը չէ. քեզ մեկ ասելու բան ունեմ:

— Հրամայի՛ր, մատաղ:

— Ասա, պաժալստա (խնդրեմ), ո՞ւր ա կենըմ էն ջհուդը, որ գրավ ա վեր առնըմ,— ասացի, նորա Հաշտարխանի ոճին նմանեցնելով խոսակցությունս:

— Վա՛հ, մոռացե՞լ ես. Большой мещанск–ումը в доме Глазунова, էնտեղ դվորնիքը շանց կտա: Ի՞նչ ա, գրավ տինելի պան ունես, ի՞նչ ա:

— Հա՛, կոլոշներս ուզում եմ գրավ տինել:

— Հե՞ր ես էնտեղ տանըմ, էս պոռտեռնի չէ՞ (ասաց ցույց տալով զարեջրի խանութը), նրա տերը իմ ճանաչն ա, ուզո՞ւմ ես տանեմ, գրավ տինեմ նորա մոտ: Ինչքա՞ն է պետք:

— Ինչքան շատ՝ էնքան լավ,— պատասխանեցի՝ ոտես կրկնակոշիկները հանելով և նրան տալով:

— Էս խոմ թափ թազա կոլոշներ են. ո՛վ ա խաբար, բալքամ երկու կոլոր (մանեթ) տա. ի՞նչ ես ասըմ:

— Լավ, էնքան ա, որ շո՛ւտ արա. վախտ չունիմ սպասելու:

— Էս դուշին հո՞ր... ես տանըմ,— ասաց եղալի աչքերով:

Գարշելի թվեց այս լիրբ և անպարկեշտ հարցմունքը և մանավանդ այն կասկածը, որ առանց մեկ հիմնավոր պատճառի, ընկավ խեղճ որբուկի վրա:

— Գնա՛, գնա՛ խելքիդ շատ զոռ մի տալ, բան ես անըմ՝

բան արա, թե չէ խո՝ գլուխդ քարը՝ առանց քեզ էլ յոլա կերթանք:

— Ինչ փալանդ վեր քցար. քեզնտ խոշտապ անել չի՞ կարելի, ինչ ա: Դա խո սոխ ա, պան չի հասկանըմ. քու գորա ի՞նչ:

Բայց ես նորա փիլիսոփայությանը ընդմիջեցի՝ փոքր-ինչ անքաղաքավարի քռուշ տալով և շտապեցնելով դեպի զարեջրի վաճառանոցը:

Քանի որ նա այնտեղումը զրավի համար հոզացողություն է անում՝ ես կաշխատեմ ընթերցողներիս կարճառոտ կերպով ի մոտո ծանոթացնել այս չնաշխարհիկ արարածի հետ, որի տեղական անունը տեսնատա է, որ կնշանակե ներության: Ի՞նչ մարդ է այս մարդը, ինչո՞ւ նորա մականունը այդպես է՝ կիմանաք հետագա տողերես:

Բ

Օրես տասը-տասնըմեկ տարի առաջ՝ չգիտեմ ո՞ր քամին, ո՞ր տեղից և ի՞նչ նպատակով բերել ձգել էր Պետերբուրգումը այս հայ տղին: Եթե նորա խոսքերին հավատաս՝ դա առուտուրի մտքով, իբր թե, եկել է այստեղ, բայց ես, որ ի բնե այնքան դյուրահավատ չեմ, ճշմարիտը ասեմ՝ չեմ հավատում, որ նա միայն այդ բարի դիտավորությամբ եկած լիներ, առավել հավանականը այն է, իմ կարծիքով, որ այս պարոնը լսած կլիներ մայրաքաղաքի անթիվ անհամար զբոսանքը, որ հայաբնակ քաղաքներումը, ծանոթ բարեկամներե ամոթ քաշելով՝ գրեթե անհնարին է արձակ համարձակ վայելելը, լսել է, ո՞վ իմանա, թե ինչ զվարճություն է ազատ գլուխ մարդու համար, մանավանդ երբ որ փոքր-ինչ էլ փող կա գրպանումը, Պետերբուրգի բազմաթիվ և բազմատեսակ պանդոկները, հյուրանոցները, սրճանոցները և շատ ուրիշ անվանի և անանուն տեղեր քաշ գալը, լսել է, ո՞վ իմանա, Նևսկի պրոսպեկտի հռչակավոր անունը, նորա լուսավորված սալարկները (թռոթուար), ուր գիշեր ցերեկ ժվժվում է ժողովրդի բազմությունը... լսել է վերջապես, թե ինչպես շատերը եկել են այստեղ գրեթե մեկ շապիկով և քանի մի աբասիով գրպանումը և հետ են դարձել յուրյանց տեղը՝ հարստացած, փառք ու պատվի հասած (օրինակները քիչ չեն): Ավա՜ղ, Պետերբուրգի հռչակը շատ բախտախնդիրներու գլուխ է պտըտցրել, ուրեմն ի՞նչ զարմանք, որ մեր պարոնն էլ նույն փայլուն հույսերը աչքի տակ ունենալով, ճանկը ձգած կլիներ քանի մի թումամ ու վազեվազ եկած հասած այստեղ՝ իր բախտը որսալու: Բայց խեղճը մոռացել էր, որ Պետերբուրգը ամենի համար միատեսակ հաջողակ չէ. նա չէ իմացել առաջվանե, որ բախտախնդիրները այս երկու հատկություններից մեկը պիտի ունենան, որ մայրաքաղաքումս բախտ կարողանան որսալ, որ է՝ ուստայություն և շնորհալի դեմք. տարաբախտաբար իմ դյուցազնը (?) երկուսիցն էլ զուրկ էր: Երևակայեցեք այսպիսի մի հրեշ, հասակը ոչ ավել ոչ պակաս՝ երկու գազ ու մի քառորդ, մարմինը չոր-չոր, բրդոտ, սև, մազերը նմանապես սև, բայց այնպես սև, որ առաջին անգամ տեսնողը դժվար կիմանա՝ բոշա՞ է դա, թե հայ. քիթը այնչափ մեծ, որ գրեթե գլխու երկայնության կես մասն է բռնում, ոտները ծուռ-ծուռ ու կարճլիկ, բերնի ատամներից շատերը մնացել են մուշտի կռվումը, ուրեմն խոսելիս դժվար է նորան հասկանալը, եթե սովորած չլիներ նորա արտասանության, զոր օրինակ շ, ժ, չ, ճ, ջ, ծ տառերը անտարբեր ս, զ, է արտասանում: Գիտե փոքր-ինչ ռուսերեն, հայերեն էլ խոսում է, վա՜յ էն հալին, թուրքերենիցն էլ միանգամայն անտեղյակ չէ՛, բայց խոսակցության ժամանակ բոլոր այդ լեզուները իրար հետ խառնելով կենդանի պատկերացնում է Բաբելոնի լեզվախառնության օրը: Տարիքը 30—35 է. ուղիղը չգիտեմ:

Դորա բարքն ու վարքը երկու կողմ անին՝ լույս և մութ. լույս կողմը այն է, որ մենք ճանաչում էինք դորան ինչպես մի խեղճ ու անքախտ հայ. երբեմն խղճալով վրան՝ ընդունում էինք մեր տուն մի գավաթ թեյ խմելու կամ մի կտոր հաց ու պանիր ուտելու: Մութ կողմը այն է, որ դորա մասին շատ զանազան կասկածելի լուրեր էին ման գալիս քաղաքի մեջ. չկարծեմ որ մեկ մարդ գտնվի, որ ճանաչում չլինի դորան: Բայց դա մի գովելի սովորություն ունի, զոր օրինակ՝ երբ որ մեկ տեղումը մի վատ գործ կատարեց (իսկ այդ շատ հաճախ է պատահում), որի համար անպատճառ տիտի պատժվի, թեկուզ սպանե՝ չի ասիլ որ հայ է, այդպիսի ձախող դիպվածներում իրան կնքում է (չը կարծեք ջրով ու մեռոնով) հույն, վրացի, բոշա, նաև ջհուդ: Շատ անգամ ծիծաղելով հարցնում ենք. «Ա՛տա, հե՞ր ես ազգդ ուրանըմ»: «Վա՛հ, քու մատաղը կնամ ախր ինչո՞ւ եմ իմ ազգի անումը խայտառակըմ. լավն էն ա գռեքին ուշունց տան, նեժելի հային»: Վրայի հագածը սովորաբար միննույնը չէ. այսօր եվրոպական շորեր է նորա հագածը, էգուց ասիական, մին էլ տեսար թե՛ եվրոպականը և թե՛ ասիականը մի ծիծաղելի կերպով խառնած, զոր օրինակ ֆռակ, տակից առխալուխ, քաղքի լեն փոխաններ, գլխին չերքեզի փափախ, և ամենի վրայից՝ ռուսի գռեհիկի մուշտակ, ո՞ւր տեղից էր ճարում՝ միայն ինքը գիտեր: Եթե հարցնեիր՝ կարճ պատասխանում էր. «Ա՛տա, պանդ տես, օզի գելդի ապրանք ա»: (Նորա ծիծաղելիս միշտ միտքս էր ընկնում ռուսին հատուկ ասացվածքը «Доброму вору все в пору»...) Չգիտեմ ինչ խաղ էր խաղում ուրիշների հետ, բայց ուսանողներու համար մի հարկավոր անձ էր. փող չեղած ժամանակը՝ թեյ, շաքար, հաց, երշիկ, ծխախոտ այնպես գիտեր ճարել, որ մենք միշտ զարմացած էինք մնում, նմանապես գրավ դնելումը, բաներ ծախելումը մեծ հունար էր ցույց տալիս, բայց տերը փրկե, եթե լսել էր, որ մեկիս մեկը փող ունի, մինչև որ երեք չորս մանեթ չպոկեր՝ ձեռք չէր առնում: Ասացի, որ դորա տեղական անունը տեսնատա է: Բայց այդ դիպվածը թող ինքը պատմե և դորանով կպրծնի մեր թեթև գծագրությունը այս չնաշխարհիկ հայի վրա:

«Ախպեր ջան, մեկ օր կալիս եմ Գաբրիել Բաղդանիչի տուն (էն վախտ նա հալա Միխակի հետ էր կէնըմ), Վանյան էլ էնտեղ էր: «Հը, ասըմ եմ, հե՞ր եք գլուխներդ քաշ արել, հալբաթ որ պաներդ պուրթ ա, պլիկ (փող) չունեք»: Ծեն չեն տալի: «Մեխակ, ասենք թե Վանյան՝ Վանյան ա, մեկ քասիբ տղա ա. Գավրիելն էլ օզի գեղջի փողով ա ապրըմ, էսօր կա՝ էգուց չէ՛, դու հե՛ր ես անփող նստած... էնա դու, ախր ասըմ էիմ քեզ՝ թո՛ղ էտ քածին, ումբր արևդ կուտի նա. չէ, չէիր հավատըմ. հիմի տեսա՞ր որ Ալեքսանը սուտ չէր ասըմ: Ախր, մատաղ, ես գիտեմ էտ քածերի խասիաթը, մինչու որ վերջի շա՛պիկդ չի պուկիլ՝ կասի թե սիրըմ եմ, մեռնըմ եմ քեզ համար, ետովան անձեն փեշերը կիավաքի ու պոմինա՛յ կակ զվալի... էտ քու ազրայիլ շնորհքը, էտ քու սիրուն պատկերքը իմս իլեր՝ գիտե՞ս թե ինչ ռոլ կխաղայիմ էստեղըմը՛: Էնա չես հասկանեմ քու գինը, Մեխա՛կ– ու քածին փող տա՛լ, էտ խոմ, իստակ գիժություն ա...» – Է է է՛հ, զահլաներս տարար, էն կըմանից ծեն տվեց Վանիեն. տերտե՞ր ես, ինչ ա, որ մեր կլխին ավետարաններ ես կարթըմ. տեսնըմ ես, որ ոչ որ մեզանից փող չունի, ամենքս էլ էսօր սաղ օրը պան չենք կերել, թամբաքուի հոտ էլ օթախըմը չիկա, քանց թե երկար պարապ քարոզ ես կարթըմ՝ լավ չէ՞ կընաս ուտելի բան ճարես մեզ համար։— «Էտա դա՛,— ասամ, հորվախտ փող կա՝ Ալեքսանին թափուկով եք տամ, տանից դուս եք անըմ, փող չիլած վախտին՝ Ալեքսանը լավ մարթ դառավ»: Շուն էին, գել էին, ամա էլի իմ հայ քրիստոնյաներն էին. կընացիմ, ախպեր, մեր տղերանց համար ուտելի պան ճարեմ: Կես սահաթ անցկացավ, յա չէ՝ տուն պերամ երեք գրվանքա հաց, եռասունատ եփած ձու, օսմուշկե չայ, էրկու գրվանքա շաքար, սուճուղ, էլ միտս չէ ի՞նչ պերամ... հա՛, թամբաքու էլ պերամ: Մեր տղերքը քաղցած գելերի նման ընկան վերես, մանչու ես կերթայիմ ու սափրեն կպերեիմ, որ աղավարի ստոլի վրեն փռեմ, որ մարդավարի նստենք ուտենք... կամ՝ ի՞նչ տեսնեմ— ոչ հաց կա մեյդանըմը, ոչ սուճուղ. ատա՛, ծան չկըճպած էին կերել, ա՛յ պան: Ատա՛ էսպես շշկլած մնացել էի: Էտ խո էտ, որ փորերի ճճուն մեքիչ հանդարտեցրին, Մեխակը հարցնըմ ա, թե որղա՞նց ճարեցիմ էտքան պանը: Հորտեղան հորտեղ միտըս եկավ ա ասացիմ՝ դուքանդարի հետ տեսնատա սարքեցիմ: Ախպեր, մեր տղերքը մեկ ծըծաղ են ծըծաղըմ, մեկ ծըծաղ են ծիծաղըմ, որ փորերը ուզում ա տռաքի, տեսնատա... խա՛ խա՛ խա՛ խա՛, տեսնատա՛... խա՛ խա՛ խա՛ խա՛, տեսնատա՛... տեսնատա՛... էնքան ասացին, էնքան ծըծաղան, որ էտ օրվա օրից անումս մնաց տեսնատա»:

Քանի մի րոպեից Ալեքսանը եկավ տվավ ինձ երկու մանեթ և ասաց, որ խանութպանը շատ թեթև տոկոս նշանակեց, այսինքն ամսական մանեթի գլուխ տասնհինգ կոպեկ: Ես շտապով շնորհակալություն արի նորան և հրամայեցի կառապանին, որ հասցեի ատյանը տանե:

(Հասցեի ատյան ասելով ես ուզում եմ հասկացնել այն կառավարությունը, որ ռուսները կոչում են Адресный стол: Ռուսաստանի մայրաքաղաքներումը չիկա այդպիսի կառավարություն. ուրեմն զարմանալու չէ, որ իմ կարդացողներեն քանիսը, որոնք երբեք չեն եղած մայրաքաղաքումը, չիմանան դորա ինչ լինելը: Հասցեի ատյան նշանակում է այնպիսի կառավարություն, ուր կարելի է գտնել մայրաքաղաքումս բնակող ամեն մի մարդու կեցած տեղը՝ եթե միայն գիտես այդ անձին անունը և մականունը):

Երբոր հասանք հասցեի ատյանը՝ հարցուցի, աղջկանը, ինչպես է անունը և մականունը:

— Մարիա Վեռդեռ է,— պատասխանեց նա:

— Այս րոպեիս կիմանամ, ասացի, ձեր բնակած տեղը և հետ կուգամ:

Վազեվազ գնացի բարձրացա մինչի չորրորդ դստիկոնը (ուր է ատյանը) և իմացա, որ աղջկա կեցած տեղը Օֆիցերսկի փողոցումն էր Գամսի տանը N 16 և որովհետև մեր այժմյան տեղեն շատ հեռու չէր, մանավանդ որ երկուսիս ոտներն էլ ցրտից փետացել էին, առաջարկեցի, աղջկանը մինչի նորա տունը ոտով (հետի) երթալու: Կառապանին արձակեցի, նորից կուռ կռի տվինք ու գնացինք: Սրճանոցի մոտից անցնելիս իսկույն միտքս եկավ՝ որ՝ ո՛չ ես և ո՛չ աղջիկը ամբողջ 7—8 ժամ շարունակ բերաններս բան չէինք դրել, անոթութենիցս վրաս զորություն չէր մնացել ման գալու, անդամներս միանգամայն թուլացել էին, խոսել անգամ դժվարանում էի:

— Կարելի է դուք մեկ բան կկամենայիք անուշ անելու, ասացի աղջկանը, քայլերս պինդ դեպի սըրճանոցը ուղղելով:

— Ուտելու այնքան ախորժակ չունիմ,– ասաց նա, բայց սաստիկ ծարավ եմ, ինձ շատ կպարտավորեցնեիք, եթե մի բաժակ ջուր ճարեիք խմելու:

Մտանք սրճանոցը: Սպասավորին հրամայեցի, որ նախ և առաջ մեկ բաժակ լիմոնադ բերե և ապա մեկ-մեկ գավաթ սուրճ և մի հատ ծխաթուղթ: Երբ որ սպասավորը բերեց–դրավ այդ ամենը սեղանի վրա ու ինքը գնաց, խնդրեցի աղջկանը, որ նստե բազմոցի վրա և ինքս նորա մոտ աթոռի վրա նստա:

— Ներեցեք համարձակությանս, օրիորդ, ես կամենում եմ մի քանի բան հարցնել ձեզանից,— ասացի նորան գերմաներեն (սենյակի մեջ ոչ ոք չկար):

— Հարցուցեք պարոն, —ասաց աղջիկը ամոթխածութենեն աչքերը ցած խոնարհած:

— Դուք, ինչպես նկատում եմ, այս տեղացի չեք,

կարո՞ղ եք ինձ ասել, ո՛րն է ձեր մայրենի երկիրը և դուք ո՛վ եք...

— Ես շվեյցարացի եմ. ամիս ավել չի կա, որ ես և մայրս այստեղ էինք եկել:

— Ինչո՞ւ թողիք ձեր երկիրը ու այստեղ եկաք:

— Հայրս կանչել էր մեզ:

— Ո՞ւր է այժմ ձեր հայրը:

— Մեր Պետերբուրգ հասնելից ութ օր առաջ մեռել էր նա այստեղ, նույնիսկ սենյակի մեջ, ար մայրս վախճանվեցավ.— ասավ նա խորը հոգոց հանելով:

— Ի՞նչ գործի էր այստեղ ձեր հայրը:

— Նորան մեկ հարուստ ռուս իշխան՝ անունը Լ... հրավիրել էր կալվածքը կառավարելու: Հայրս կես տարիի չափ մնաց այստեղ, իշխանը շատ սիրեց հորս նորա հավատարմության և բանիբունության համար, և վերջապես առաջարկեց, որ յուր գերդաստանը ևս բերել տա և խոստացել էր ապահովել մեր ապագան:

Հայրս նամակ գրեց մեզ, շատ գովեց Ռուսաստանը և նորա կառավարությունը, մանավանդ այն հակամիտությունը, որ ռուսները ունին դեպի արևմտյան ժողովուրդը: Թեպետ հորս հրավիրական նամակը ստանալով մենք շատ ուրախացանք, բայց ոչ առանց ափսոսալու թողինք մեր սիրական հայրենիքը, ինչու որ մենք շատ մարդոցմե լսել էինք, շատ գրքերու մեջ կարդացել էինք Ռուսաստանի ցուրտ օդի, անպտուղ երկրի և անկիրթ ժողովրդի մասին անհաճո լուրից և միայն այն միտքը, որ մեր սիրուն հայրենիքը պիտի փոխենք այդ օտար, անհյուրընկալ երկրի հետ, միայն այդ միտքը, ասում եմ, սոսկացնում էր իմ և մորս կանացի երևակայությանը: Եվ հիրավի, ո՞վ պիտի տար մեզ մեր կանաչազարդ դաշտերը, մեր ազատ սարերը, մեր խոխոջուն վտակները, մեր անամպ և կապուտակ երկինքը և վերջապես՝ մեր հյուրասեր և մարդասեր ժողովուրդը (այս խոսքերը լսելիս միտքս եկավ մեր սիրուն Հայաստանը, որ միայն գրքերից էի ճանաչում), ո՞վ կուտար ա՜խ... խոսքը չկարողացավ վերջացնել, սիրտը մղձկեցավ, աչքերը կարմրեցան և լցվեցան արտասուքով... ա՜խ, ինչո՞ւ չի լսեցինք մեր սրտի նախազգացմանը, ինչո՞ւ թողինք մեր հայրենիքը... ի՞նչ էինք պտրում անհայտ երկրումը պանդուխտության մեջ: Պարո՛ն, ներեցեք ինձ, որ ես չկարողացա զսպել հոգուս կսկիծը, հասկացեք իմ դառն վիճակը և ներողամիտ եղեք փոքրոգությանս, որ ես ցույց եմ տալիս այս հուսահատ դրության մեջ: Խելքս թռնում է գլխիցս, քանի որ միտք եմ անում՝ թե ի՞նչ պիտի լինի իմ վիճակը այսուհետև:

— Դուք ազգական ունի՞ք ձեր տեղումը:

— Ոչ, իմ հայրը գաղղիացի վարատական (էմիգռան) էր: 1830 թվականի հեղափոխության ժամանակ նա փախավ յուր դա հիճներու ձեռքեն. բոլոր ինչքը ու կալվածքը թողավ Գաղղիայումն ու գնաց բնակեցավ Շվեյցարիա Բազել քաղաքումը:

Այնտեղ առաջին անգամ ծանոթացավ մորս հետ, որ մի աղքատ, բայց համեստ որբուկ էր, որ յուր օրաքան ապրուստը կար ու ասեղովն էր ճարում: Ինչպես տեսնում եք՝ ես աշխարհիս երեսին անտեր որբ եմ. երեք օր առաջ վերջի նեցուկս կորցրի այս անծանոթ տեղումն: Հիմի հավատո՞ւմ եք, որ ես իրավունք ունիմ ինքս ինձի ամենաթշվառ մարդը կարծելու:

— Մի՛ այդքան հուսահատվիք,— ասացի նորան,— ամեն տեղ կան բարի մարդիկ, աստծու աչքը որբերու վրա միշտ հովանավոր է: Ես չեմ ասում, որ ձեր ներկա վիճակը թշվառ չէ, արտասվալի, սոսկալի չէ, ո՛չ. բայց միտք բերեք ձեր մորը, քանի որ նա ձեր սիրական հորը չէր ճանաչում, ինչպե՞ս էր ճարում նա յուր ապրուստը... Իհարկե, դուք էլ նույն համեստ հնարով կարող եք պարկեշտ վիճակ վայելելու: Գուցե՛ դուք ևս կարողանաք...— ասացի, բայց խոսքս վերջացնելու չհամարձակեցա. աչքիս տակով նայեցա աղջկա երեսին, երկուսիս աչքերը իրար հանդիպեցան, երկուսս էլ շփոթվեցանք ու աչքներս խոնարհեցինք:

— Անուշ արեք ձեր գավաթով սուրճը, թե չէ՝ կսառի,— ասացի նորան, կամենալով այդ շփոթը փարատելու, ու ինքս կպցրի ծխաթուղթը ու սկսա քաշել ու խմել: Փոքր լռելուց հետո՝ աղջիկը հարցուց ինձ.

— Դո՞ւք որտեղացի եք, ներեցեք հետաքրքրությանս, բայց ինձ երևում է, որ չպիտի ռուս լինիք:

— Ձեր կարծիքը ուղիղ է. ես էլ ձեզ պես պանդուխտ եմ այստեղումը. ես ազգավ հայ եմ:

— Ուրեմն մենք երկուսս էլ մի կրակով ենք այրվում,– ասաց նա ժպտալով, հետո ավելացրեց, ձեր անունը ինչպե՞ս է։

— Միքայել է անունս, մականունս Վայելչյան,— պատասխանեցի ու վիրավորված ձեռքես հետ արի նորա տված թաշկինակը և առանց մեկ խոսք ասելու մատով ցույց տվի ասեղնագործած M. V. տառերի վրա։ Դուք չե՞ք զարմանում, որ իմ և ձեր անվան և մականվան սկզբնատառերը միևնույնն են. չե՞ք կարծում, որ այստեղ մի գաղտնիք կա, որ նախասահմանությունը առ ժամանակ մի թաքցնում է մեզանից։

— Ինձ էլ այդ տառերը միշտ առեղծական ու խորհրդավոր են երևել, ես միշտ աշխատել եմ այդ երկու տառերի մեջ իմ վիճակի որոշումը գտնելու։ Մեկ բան ասեմ՝ չե՞ք ծիծաղիլ վրաս։ Մի օր (դեռևս այստեղ չէինք եկել) մայրս եկեղեցի էր գնացել, տանը մնացել էի ես ու մեր պառավ աղախինը, այսպես մենակ նստած սենյակումը աչքս երկու տառերի վրա դարձուցած՝ ըստ սովորությանս աշխատում էի զանազան հարմար բառեր պտրտելու, շատ կերպ համառոտ նախադասություններ կազմեցի այդ երկու տառի վրա, բայց ոչ մինը ինձ հավան չեկավ, վերջապես երկու խոսք միտքս եկան, որ պինդ տպավորվեցան երևակայությանս մեջ և այդ օրհասական ժամեն միտքես դուրս չեն գալիս, և ասես թե սարսափելով, բայց անհամբերությամբ սպասում եմ նոցա կատարվելուն։

— Ինչպե՞ս են այդ խոսքերը,— հարցուցի:

— Այդ խոսքերը ֆրանսերեն են՝ Mort par venin (մահ թույնից), ու այնուհետև խելքս մտել է, որ իմ կյանքը թույնով պիտի վերջանա:

— Թողեք, ի սեր աստծու, այդ ցնորական նախազգացմունքը, որ կարող էր գալ միայն երեխայի գլուխը, և ոչ ձեզ պես կրթված աղջկա... բայց ի՞նչ կասեք ինձ, եթե ես այսպես մեկնեի՝ մաղամ կամ Մարի Վայելչյան,– ասացի ծիծաղելով:

— Այժմ իմ հերթն է ձեզ ասելու՝ թողեք խնդրեմ այդ ցնորական գուշակությունը, որ կարող էր գալ մի հաձոյախոս երիտասարդի գլուխը, և ոչ ձեզ պես կրթված ուսանողին,— ասաց նա մինչի ականջները կարմրած, հետո ավելացուց, նայելով պատուհանին,— ա՜խ, տեր աստված, արդեն մութը կոխել է. պետք է տուն երթալ. ի՞նչ կկարծե տանտիկինս, որ ես այսքան ուշացա: Խնդրեմ, պարոն, ինձի ճամփա ձգեք մինչի բնակարանս,— ասաց ու վեր կացավ տեղեն: Ես, թեև ափսոսալով, բայց նմանապես տեղես վեր կացա, զանգակը խփեցի, ծառան եկավ, ինչ որ հարկն էր տվի իրան ու աղջկա հետ միասին դուրս եկանք սրձանոցեն:

— Օրիո՛րդ,– ասացի աղջկանը, երբ որ արդեն փողոցումն էինք,— ի՞նչ միտք ունիք անելու:

— Ես ինքս էլ մոլորված եմ այդ մասին և չգիտեմ, թե էգուցվա օրը... խոսքը չպրծավ: Բայց ես հասկացա նորա ասելուն ու մտքիս մեջ շարունակեցի, «չգիտեմ թե ի՞նչ ուտեմ և որտե՞ղ բնակվիմ»:

— Եթե այդպես է՝ ուրեմն կընդունի՞ք իմ փոքրիկ օգնությունը, որ ես ի բոլոր սրտե ձեզ առաջարկում եմ: Ահա ձեզ մեկ մանեթ, մինչև էգուց ցերեկվա 12 ժամը ինչպես և իցե բավականացեք դորանով, մնացածը, աստածով, մեկ կերպ կկարգադրենք:

— Ախ, պարոն, ի՞նչ իրավունք ունիմ ձեր վերջին կոպեկը առնելու ձեզանից, ես գիտեմ, որ դուք ինքներդ չքավոր եք. տանն ևս ոչինչ չունիք, կարծում եք ես չնկատեցի՞, որ դուք ձեր ոտից հանեցիք ձեր կրկնակոշիկները ու ծախեցիք այն բոշային, ոռ ինձ օգնություն անեք: Ես չգիտեմ՝ կարող եմ արդյոք երբևիցե հետ դարձնել ձեզ նախ այն լավությունը, որ դուք ինձ արիք արդեն՝ ձեր կարողութենեն վեր զոհ բերելով:

— Օրիո՛րդ, եթե այդպիսի խոսքեր կասեք՝ այդ կնշանակե, դուք իմ վրա շատ վատ կարծիք ունիք. մի՞թե դուք կարծում եք, որ ես մի թեթև և չնչին զոհի ևս ընդունակ չեմ, և վերջապես՝ որտեղի՞ց գիտեք, որ իմ ունեցած չունեցածը այդ կրկնակոշիկն էր. փառք աստծո, ես այնքան... ուզում էի ասել՝ հարուստ եմ, բայց չհամարձակվեցա այդպես լրբաբար ստելու և խոսքս կուլ տվի:

— Եթե ինձ պատվում եք՝ մի՛ համոզեք ձեզանից զոհեր ստանալու:

— Եթե իմ առաջարկած օգնությունը չընդունեք՝ այդ

ասել է, որ ինձ հետ առհապայն՛ ծանոթ մնալ չեք ուզում, կամքը ձերն է,— ասացի ձևանալով իբր թե սիրտս սաստիկ ցավել է նորա խոսքերից:

— Ո՛չ, ո՛չ, պարո՛ն, ես չէի ուզում այդ ասել... բայց դո՛ւք, դուք էլ խո էգուցվա համար ուտելու բան չունեք,— ասաց նա այնպիսի հրեշտակական կարեկցությամբ, որ քիչ մնաց՝ մոռանալով նորա սուգը և ցավալի ներկա վիճակը՝ տեղն ի տեղ առաջարկեի սիրտս և ձեռքս (մի՛ զարմանաք և մի՛ դատապարտեք, իմ պատվական կարդացողներ, որովհետև այն ժամանակ ես տասնինն տարեկան էի):

— Խնդրեմ ինձ համար հոգս մի՛ անեք, եթե կամենում եք, որ ես ձեզ հետ սրտաբաց խոսիմ, ահա՛ լսեցեք: Ճշմարիտ է, որ ես հարուստ չեմ, ո՛չ ռոճիկ և ո՛չ արդյունք ունիմ. ծնողքս նմանապես այնքան ունևորը չեն, որ կարողանային ինձ օգնել, բայց փոխարեն այդ ամենին՝ ես այնպիսի գանձ ունիմ, որ համարձակ կարող եմ անհատական անվանել, այդ գանձը— իմ բարեկամներն են, որոնք թեև այստեղ չեն, բայց մեկ տող որ գրեցի՛՝ իրանց վերջին ունեցածը ինձ կուտան: Այժմ հավատում ե՞ք, որ ես այնքան աղքատ չեմ, որ երևում եմ արտաքին հանգամանքովս:

— Ա՛խ, պարոն, դուք ինձ ստիպում եք մինչև կյանքիս վերջին շունչը ձեզ երախտապարտ մնալու, դուք ինձ ստիպում եք մեր ծանոթության հենց առաջի օրեն ձեզ ինչպես իմ հարազատ եղբայրը, ինչպես իմ մտերիմ բարեկամը ճանաչելու: Բայց և այնպես՝ ձեր օգնությունը ես միայն այս երկու պայմանով կընդունիմ, նախ՝ որ ինձ կխոստանաք, որ երբ ինքներդ կարոտության մեջ լինիք՝ առաջինը դեպի ինձ կդառնաք:

— Ահա իմ ձեռքը,— ասացի ի նշան համաձայնությանս:— Այժմ մտիկ արեք. գրպանումս կա մանեթ ու տասնհինգ կոպեկ, այս տասնհինգ կոպեկով ես ինչպես որ լինի գիշերս կլուսացնեմ, էգուց եթե ստացա փող՝ լավ, թե չէ՝ կուզամ ու ձեզանից երեսուն կոպեկ կառնում, հոժա՞ր եք:

— Հոժար եմ,— պատասխանեց աղջիկը:

Այս վերջին խոսքերը գրեթե նորա տան մոտ ավարտվեցավ:

— Կամենա՞ք մտնել իմ բնակարանը,— հարցրեց աղջիկը այնպիսի անմեղությամբ և միամտությամբ, որ ամենակասկածոտ և բծախնդիր մարդու երկմտությունը կարող էր փարատել:

— Ա՜խ, շատ կցանկանայի տեսնել ձեր ապրուստը,— ասացի նորան, նմանապես հեռի ամենայն պարսավելի մտքերե:

Երեկոն արդեն վրա էր հասել, մութ և ցեխոտ սանդուղքները չէին լուսավորված, ու մենք պատե պատ խարխափելով հազիվ գտանք նորա բնակարանը: Ինձ արդեն ծանոթ պառավներեն մեկը բացեց դուռը և ճրագը երեսիս մոտեցնելով՝ ուզեց իմանալ, թե ես ո՞վ եմ: Աղջիկը երկչոտությամբ բարևեց նորան. բայց պառավը սառը կերպով ընդունեց նորա ողջույնը ու հեգնությամբ փնթփնթաց.

— Ա՜յ քեզ տրաքոց, մոր մարմինը դեռևս չի սառել գետնի տակ՝ աղջիկը արդեն սկսել է փողոցեն մարդիկ ներս բերելու:

Փոխանակ պատասխանի՝ ես խստությամբ մատով սպառնացի պառավին ու հազիվ կարողացա զսպելու բարկությունս, բայց մոտեցա նորան ու կես ձայնով ասացի ականջին. «Եթե մյուս անգամ լսել եմ այդպիսի խոսքեր՝ իմացած լինես, որ բերնումդ մնացած երկու ատամն էլ դուրս կհանեմ, լսո՞ւմ ես, թե չէ. բախտավոր համարե քեզ, որ աղջիկը չհասկացավ քո ասած լիրբ խոսքերը, թե չէ հենց իմացիր որ պատուհանեն դուրս պիտի գլորվեիր»:

Ո՜չ այնքան խիստ խոսքերս, որքան փայլուն կոճակներս ահ ձգեցին այս ռամիկ ռուս քավթառի սրտի մեջ: Ասացի ու իսկույն մտա աղջկա սենյակը: Սենյակը վայ էն հալին, լուսավորված էր մոմի աղոտ լույսով, երեք թե չորս կոտրատած աթոռ, մեկ հին սեղան, խորշումը մեկ պայուսակ, այս էին ահա նորա բնակարանի կահ կարասիքը: Բայց այս աղքատ կեցության մեջ ինձ զարմանալի թվեց մի պատվական ընկուզի փայտե շինած դաշնամուր՝ երևելի Վիթեռի ձեռագործը:

Հանեցի թիկնոցս ու նստա աթոռի վրա. աղջիկն ևս նստավ փոքր ինչ հեռու ինձանից: Սկսա աչքս պտտացնել սենյակի չորս պատին: Աղջիկը կամենալով խզել այս լռությունը, ասաց.

— Դուք զարմանում եք, կարելի է, որ այստեղ չեք տեսնում ո՛չ մահճակալ, ո՛չ անկողին, ո՛չ բարձեր և շատ արիշ առարկաներ, որոնք ոչ միայն հարկավոր, այլև կարևոր են ամենաթշվառ մարդուն, մի՛ զարմանաք, դուք արդեն ունիք իրավունք իմ ամեն հանգամանքը տեղյակ իմանալու, ես ձեզ, ինչպես իմ հարազատ եղբորը, ամեն բան մանրամասնաբար կպատմեմ: Այսօր առավոտ այդ ամեն բաները կային այստեղ, բայց դագաղագործը մինչև որ վեց մանեթը չա՛ռավ՝ չհոժարեցավ մորս դագաղը տալ. նույնպես մեռելակառքի տերը մինչև առաջվանե չի ստացավ ութը մանեթը՝ չհոժարեցավ մորս թաղել տանելու: Մորս մահից հետո մնացած ամեն բաները նոցա տվի, միայն թե ինձ օգնեն վերջին պարտքը հատուցանելու խեղճ ծնողիս:

Հետո իմացա որ առավել քան թե հարյուր մանեթի բաներ առել էին գազան վաճառականները այս անփորձ աղջկանեն, բայց ի՞նչ կանես, անցածը չէր կարելի հետ դարձնել:

— Ի՞նչ պատահմունքով ապա մնացել է այս գեղեցիկ դաշնամուրը, հարցուցի աղջկանը:

— Ա՜խ, պարոն, մի՛ հարցներ, այս օտար տեղումն որ բնակում էինք ես և մայրս՝ դա մեր միակ մխիթարությունն էր աշխարհքիս երեսին, ես չի խնայեցի ո՛չ հալավներս, ո՛չ զարդերս, ո՛չ գրքերս, ո՛չ անկողինս, բարձս, վերմակս, վրայիս տաք թիկնոցը անգամ տվի առանց ափսոսալու, միայն որ քանի մի օրով ուշ երթա ձեռքես այս սիրական դաշնամուրս, իհարկե վաղ կամ ուշ դա էլ գնալու է ձեռքես, երբ որ կարոտությունը կստիպի, բայց ես ինքս ինձի խոսք եմ տվել, որ այս ոսկե մատանին որ մայրս մեռնելու րոպեին մատից հանել ինձ էր տվել, առավել շուտ ծախեմ, քան թե այդ դաշնամուրը... Տեր աստված, մի՞թե պիտի հասնե այն թշվառական օրը, երբ մորս վերջին հիշատակը պիտի...

Երբ իմացա, որ մատանիս յուր մորը տված հիշատակն էր և ոչ նորա հարսնախոսության նշանը՝ այնպես հանդարտեցա մտքով, որ ասես թե մեջքիս վրայեն մեկ ծանր բեռ ցած դրի:

— Մի վախենաք, ասացի, աստված մինչև այդ աստիճան չի հասցնիլ, իմ սիրտը վկայում է, որ դուք շուտով պիտի ազատվիք այդ թշվառ վիճակեն, և պիտի ազատվիք՝ ազնիվ ու գովելի հնարով:

— Աստվա՛ծ տա, որ ձեր սրտի վկայությունը կատարվի: Պարո՛ն Միքայել, եթե ես այսուհետև էլ աստվածանից գոհունակ չլինեմ, ե՞րբ ապա պիտի կարողանամ նորա ողորմությունը ճանաչել, կարո՞ղ էի ես կարծել, որ այս անծանոթ երկրումը, ծնողներես զրկված, աղքատ, անտեր, որբ մնացած՝ հանկարծ կգտնեմ ձեզ պես անձնանվեր բարեկամ,— ասաց ու ձեռքը դեպի ինձ ձգեց:— Շնորհակա՛լ եմ, պարոն Միքայել, իմ ազնիվ բարեկամ, հավատացեք, որ այսուհետև եթե սար ու ծովեր էլ բաժանեին մեզ՝ ձեր բարի հիշատակը մինչև ի մահս անթառամ պիտի մնար սրտիս մեջ:

Այս խոսքերը ինձ միանգամայն շփոթեցրին, պապանձեցրին, շնորհակալության անգամ չկարողացա անել, խելացնորի պես շշկլվել մնացել էի: Եվ ի՞նչ զարմանք, այս առաջին աղջիկն էր, որ բացեց իմ առաջ յուր անբիծ և կուսական սիրտը, առաջին անգամն էր, որ հետս խոսեցան այն անխարդախ լեզվավ, որի ամեն մի խոսքն առանց երկմտության, առանց զննելու հավատում է մարդս: Անիծելով անիծեցի և՛ ինքս ինձի, և՛ իմ բախտը, և՛ հազարամեկ դիպվածներ, որ պատճառ էին եղել ինձ՝ սիրտս բանալու անարժան սիրու և անզոսնելի ախտերի համար...: Անազան, բայց արդյունավետ ստրջանք:

Հանկարծ վրաս մահազուշակ տրտմություն եկավ, հոգիս, ասես թե, դժոխքի մեջ այրվում տանջվում էր. խղճմտանքը բարձրաձայն աղաղակում էր մեջս: Այս աղջկա սենյակամը այլևս մնալը՝ նշանակում էր ոտնակոխ անել նորա կուսական սրբությանը...: Առի եռանկյունակս, մոտե ցա աղջկանը. աչքս չհամարձակելով նորա երեսին բարձրացնելու՝ սկսա մնաս բարով անել: Աղջիկն էլ վեր կացավ տեղեն, ձեռքը ինձ ձգելով, ասաց.

— Արդեն գնո՞ւմ եք... կարող ե՞մ հուսալ, որ այս ձեր վերջին այցելությունը չէ... ե՞րբ կտեսնվինք, իմ հավատարիմ բարեկամ...

— Ինչպես ասացի՝ էգուց ժամը 12-ին. բայց եթե

ուշացա՝ երեկոյանը սպասեցեք, այսպես՝ յոթնին ութնին:

Շտապով ձգեցի վրաս թիկնոցն ու խելագարի պես դուրս ընկա:

Գ

Պարզկա գիշերվա ցրտությունը որ ճակատիս չի տվավ՝ ականթոթափել ցրվեցավ երևակայությանս խառնաշփոթ մտքերը: Վախենալով որ քրտնած մարմինս հանկարծ ցրտեն չի սառի՝ սկսա շուտ-շուտ և գրեթե վազելով առաջ գնալու: Մինչև բնակարանս հասնելու՝ չորս վերստի չափ տեղ պիտի անցնեի, բայց կարդացողիս հայտնի է, որ իմ բոլոր հարստությունը տասնիհինգ կոպեկ էր. ուրեմն սահնակ վարձելու համար մտածելն անգամ խելացնորություն էր: Ես հավաստի գիտեի որ ընկերս մինչև այժմ անհամբերությամբ սպասում կլիներ ինձ (ժամը արդեն ութն էր երեկոյան), հուսալով որ նորա համար քաշելու և ուտելու բան կբերեմ հետս: Ես գիտությամբ առաջ քաշելու ասացի և ապա ուտելու, որովհետև ուսանողք և ուսանողի պես մարդիկ փորի քաղցածությունից այնքան չեն չարչարվում, որքան ծխախոտի ծոմ պահելից:

Զարմանք երևույթ, ինչո՞ւ այդպես հզոր ազդեցություն ունի ծխախոտը այն մարդոց վրա, որոնք առավել են տված հոգու, քան թե մարմնու վայելքի: Այդ չծխող մարդիկը չեն ճանաչում այն վայելքը, որ անուն չունի և որ բնական ազդեցությամբ հասկանում է պատանեկության հասակը, այն անգործունյա գործունեությունն եմ ասում, երբ հոգին, առ ժամ մի կոտրտելով մարմնու շղթաները՝ ազատ թռչունի նման թռչում, հեռանում, ճախրում է երևակայության աշխարհի անսահման գավառներու մեջ...

Երբ որ տանս մոտեցա՝ մտա մանրավաճառի խանութը, հրամայեցի խանութպանին որ տա երկու գրվանքա սև հաց, մեկ մոմ, երեք կոպեկի թեյ, չորս կոպեկի շաքար, մնաց մեկ կոպեկ, ծխախոտի համար փող չունեի: Կարոտությունը մայր է հնարից, ասում է առածը:

— Ծխախոտ էլ ունի՞ս, հարցուցի:

— Ինչպես չէ, ունիմ ձերդ ազնվություն,— ասաց sui generis (իր տեսակի, յուրահատուկ կերպով) քաղաքավարի խանութպանը, ո՞րն եք կամենում, ունիմ Միլլեռինը, Կազիբեքինը, Պողոսովինը, քանի՞ հատ է պետք ձեր պայծառափայլությանը:

— Թեկուզ տասը հատն էլ ինձ բավական կլիներ մինչև էգուց առավոտը, բայց տեսնում ես, սիրական, բանը ինչ է. տնից դուրս գնալիս կարծում էի, թե գրպանումս շատ փող կա, բայց մի՛ ասիլ որ տասնհինգ կապեկից ավելի չունիմ հետս, ահա քեզ մեկ կոպեկ, մնացած իննը կոպեկը էգուց առավոտ լույս ու մութին կհասցնեմ քեզ ծառայիս ձեռքով, կհավատա՞ս ինձ իննը կոպեկ...

— Համեցե՛ք, պարոն, համեցե՛ք,– ասաց միամիտ խանութպանը:

Արջը կապեցինք, ասացի մտքումս: Վեր առա գնած ապրանքս և տասը հատ էլ Միլլեռի ծխախոտը և ուրախությունիցս պատերազմական մառշ սուլելով տուն գնացի: Ներս որ մտա, Հովհաննե՛ս, ասացի տա՞նն ես: Ձայն չիկար: Հովհաննե՛ս, ասացի նորից ավելի պինդ ձայնով:

— Հը՛մ,— ասաց քնած տեղից Հովհաննեսը,– Միքայե՛լ, դո՞ւ ես:

— Ե՛ս եմ, ե՛ս,— պատասխանեցի, ինչո՞ւ մութ տեղումը պառկել ես,— հարցրեցի, մտքումս ծիծաղելով:

— Ինձ լույս ո՞վ էր տվել,— ասաց խեղճ ընկերս:

— Վե՛ր կաց. վե՛ր, քեզ համար հա՛մ ճրագ եմ բերել հա՛մ հաց, հա՛մ թեյ:

— Քաշելու բան ունի՞ս,— հարցուց քնաթաթախ ընկերս:

— Դեռ վե՛ր կաց տեղեդ. արի՛ ճրագ վառենք:

— Բո՛ոո ամմա ցուրտ է հա, տանը,— ասաց Հովհաննեսը, դրսումը ինչպե՞ս է, էլի ցո՞ւրտ է առավոտվա պես:

— Հա՛, կարծեմ որ մեկ բան էլ ավելի լինի,— պատասխանեցի ես:

Այդպես մի ժամ ավելի հյուսիսայգը սաստիկ վրդովում էր երկինքը (նկատելի է, որ այն ձմեռ հյուսիսայգները հաճախ էին երևում երկնքումը):

— Ես կարծում էի, թե դու կես ճամփումը սառած կլինիս... Ա՛ տղա, ինչո՞ւ էսքան ուշացար... հա, էն ի՞նչ էր առավոտվա շշկլվածի պես տուն մտնելդ ու կապելու գիժի նման դուրս փախչելդ... ի՞նչ է եղել քեզ:

— Դեռ էդ թողնենք, քեզ պատմելու շատ բաներ ունիմ: Լուցկիքը քսեցի պատին, վառեցի ճրագը: Հովհաննեսը ամենից առաջ ընկավ ծխախոտի վրա, հապճեպով պատռեց կապոցը, հանեց մեջեն մեկ հատը, առավ բերանը և ճրագին մոտեցրեց, մեկ կուշտ ներս քաշեց ծուխը և հետո ասաց. «Օխա՛յ, սիրտս տեղը եկավ, ա՛ տղա, ցերեկվա 11-ից մինչև այս րոպես առանց քաշելու էի, գիտե՞ս, թե որ մեկ-երկու էլ այսպես օրեր լինեն՝ ինձ համար խոլերա պետք չէ. առանց նորան էլ կմեռնիմ»:

— Մի՛ վախենալ, չես մեռնիլ. ինձ Մոսկովից գրում են, որ առաջին սուրհանդակով երեք գրվանքա Թիֆլիսի ծխախոտ կուղարկեն...

— Գիտենք, գիտենք, վաղուց ենք լսում այդ մխիթարությունը, քեզ Մոսկովից շատ բաներ են ուղարկելու,— ասաց ծաղրելով խոսքերուս վրա,— բայց մինչև այնտեղից քո ծխախոտը և շատ ուրիշ բաներ ստանալը՝ ես ու դու դեռ շատ օրեր պիտի անցնենք այսօրվա նման:

— Հովհաննես, դու ինձ վիրավորում ես՝ երկբայելով իմ խոսքերին...

— Ա՜խ,— ասաց Հովհաննեսը, խոսքս կտրելով,— ես չեմ երկբայում, որ քու ասածը ճշմարիտ է. բայց դու, դու ես խաբվում հույսերովդ:

— Խնդրեմ՝ թողնենք այս խոսակցությունը, որ գրեթե ամեն օր կրկնվում է: Եկ առաջ ինքնաեռը դնենք, մեկ աղավարի թեյ խմենք, հետո քեզ հետ շատ բան ունիմ խոսելու: — Ա՜խ, Միքայել, գիտե՞ս ինչ,— ասաց Հովհաննեսը շտապով խոսելով,— քիչ մնաց, որ մոռանայի: Պահմ'ալ մեկ սարսափելի երազ տեսա, երազումս իբր թե դու ու մեկ աղջիկ խոր փոսի առաջ կանգնած՝ պար էիք գալիս: Միքայե՛լ, ասում եմ, ի՞նչ տեղ ես գտել պարելու, չե՞ս տեսնում առջևիդ փոսը. դու իմ խոսքին ուշք չէիր դնում ու առաջվա պես պար էիր գալիս: Հանկարծ աղջիկը դուրս պրծավ գրկիցդ, մոտեցավ փոսի ափին, մեկ հետ շուռ եկավ, նայեցավ երեսիդ ու թռավ փոսի մեջ: Դու լեղապատառ վազեցիր, մեկ պինդ աղաղակեցիր, ու նորա հետնեն գլորվեցար, բայց հետո կամաց կամաց վեր բարձրացար՝ կարծես թե թևեր ունեիր ու տխուր եկար կայնեցիր մոտս:— Ի՞նչ եղավ աղջիկը,— հարցրի: «Կորավ փոսի մեջ. չի գտա նորան» ասացիր դու: Ես վախիցս զարթնեցա:— Փոքր ինչ լռելից հետո՝ ասաց ընկերս:— Ի՞նչ պիտի նշանակե այս երազը:

— Օրը բարի է, երազն ի բարին կատարի,— ասացի ծիծաղելով և միտքս բերելով Մոսկվայումը տպած օրացույցի իմաստուն հեղինակներին:

— Հանաքը դեն՝ երազները երբեմն կատարվում են, գիտե՞ս,— ասաց իմ միամիտ ընկերը:

— Իհարկե կատարվում են,— ասացի,— զոր օրինակ՝ քանի մի օր առաջ ես էլ էի մի երազ տեսել, երազումս իբր թե ձեռս տանում եմ գրպանս և ի՞նչ տեսնեմ, բուռ բուռի քամակից ոսկիներ եմ հանում, այնքան հանեցի, որ ձեռս հոգնեցավ, բայց շուտ զարթեցա: Առավոտը աչքերս որ բացի՝ խանութպանը իր տղան էր ուղարկել մեր առած ապրանքի փողը պահանջելու: Լավ մեկնության չէ՞ր իմ տեսած երազին...

— Չգիտեմ, Միքայե՛լ, ի՞նչ պատասխան տամ այդ խելոք խոսքերիդ, թե ինձ հարցնես՝ իմ կարծիքն այն է, որ երբեմն երազը կատարվում է:

— Իհարկե կատարվում է, ո՞վ է ասում, թե չէ կատարվում, զոր օրինակ՝ քնած ժամանակ մարդ ինչ ասես երազ է տեսնում, առավոտից մինչև երեկո մարդուս ինչ էլ որ հանդիպի այդ երազի կատարումն է,— այդպես չէ՞: Ես հազարից ավել անգամ երազումս ջուր տեսած կամ. երբեմն վատ՝ երբեմն՝ ոչինչ համբավ չեմ լսել, այլ անակնկալ փող եմ ստացել, իսկ երբեմն ունեցածս էլ ային օյին բանի տվել, փչացրել եմ, երբեմն կուշտ-փոր ճաշի եմ մեծարվել, իսկ երբեմն ամբողջ օրս քաղցած ու առանց ծխախոտի եմ անցկացրել, ինչպես որ դու այսօր: Երևի թե դու էլ երեկ երազումդ ջուր էիր տեսել,— ասացի ծաղրելով նորա վրա:

— Է՜հ, Միքայել, քեզ հետ խոսել չի կարելի, դու միշտ մեկ պատճառ կգտնես վիճելու կամ մեկի վրա ծիծաղելու: Թողնենք երազը, հիմի դու պատմի ի՞նչպես անցուցիր օրդ:

Ես նորան ամեն բան մանրամասնաբար պատմեցի, միայն թե աղջկա կեցած տեղը չհայտնեցի:

— Օ՜օ՜օ՜, մեր տղա, ինձնից թաքուն թաքուն սեր ես վայելում: Էն ա, ասում էի, էս ի՞նչ է իլել մեր Միքայելին, խելքը տանուլ է տվել, ի՞նչ է:

Բայց ինքնաեռը սկսավ ուրախ ուրախ խշխշալ ու եռ գալ ու միտքերս ձգեց, որ մենք առավոտվանե ի վեր կարգով բան չէինք կերել, վեր կացա տեղես, թեյամանի մեջ թեյ ածեցի և վրան եռջուր՝ ու դրի ինքնաեռի վրա: Հաց ու շաքարը կոտրեցի ու երկուսս նստանք աղավարի ճաշ ու ընթրիք վայելելու:

— Նո՜ւ, Միքայե՜լ, լավ չարչարվեցա, այսօր,— ասաց Հովհաննեսը, սև հացը թաթախելով թեյի մեջ ու Շարա նախապետի ախորժակով ուտելով,— լավ չարչարվեցա,— ավելացուց, եթե աստված վրաս քուն չի բերեր՝ չգիտեմ ի՞նչ պիտի լիներ իմ հալը:

Ես էլ Հովհաննեսից պակաս քաղցած չէի, թեև ճշմարիտ է սրճանոցումը փորիս ճճուն փոքր ինչ հանդարտեցրել էի, բայց մեծ մխիթարություն չէր մեկ գավաթ սուրճը և նորա հետ երկու-երեք հատ պաքսիմատ ստամոքսի համար, որ նույնքան կուշտ ճաշի երես էր տեսնում, որքան մայրաքաղաքս, աշնան օրերումն, արեգակի երեսը: Բայց այդ իմ առտնին զաղտնիքն է և կարդացողին հետաքրքրական չէ իմ ներքին հանգամանքն իմանալը...

— Եռո՛, Միքայել, էլ ի՞նչ նոր բան կասես,— ասաց ընկերս երեք բաժակ թեյ խմելից և հինգ շերտ հաց ուտելից հետո:

— Ի՞նչ նոր բան ասեմ, ասելու բան շատ կա, նոցա կատարելն է դժվար: Մեկ որ՝ սիրահարված եմ, ինչպես տեսնում ես, երկրորդ որ՝ աղջկանը խոսք եմ տվել էգուց անպատճառ մեկ հնար տեսնեմ նորան օգնելու, երրորդ...

— Միքայել, խոսքդ շաքարով կտրեմ,— սերը լավ բան է, ով է ասում, մանավանդ սերը անմեղ, անարատ աղջկան՝ ինչպես որ քու նոր ծանոթն է, բայց, հոգիս, դու միտք արա, որ այդ սերը մեծ զոհեր է պահանջում, որի համար ունի՞ս արդյոք դու և՛ նյութական, և՛ բարոյական զորություն: Աշխարհքումս շատ թշվառականներ կան, որոնցմե եթե 9/10 մասը անարժան ևս լինի կարեկցության, զոնե 1/10 մասը արժանի է, որ մենք մեր կյանքը զոհեինք և նոցա դարդին դարման անեինք: Եղբայր, մի՛ մոռանալ որ՝ մենք Պետերբուրգումն ենք, մեր թեթև գլխու վրա հոգս անել չենք կարողանում, ո՞ւր մնաց, որ փափկասուն, կրթված և պարկեշտ աղջկա վիճակը ապահովացնենք... երբ որ դու խոստացար այն աղջըկան քու օգնությունը՝ երևի կարծում էիր որ... Լ... Մ... –ի որդին ես. բայց մոռացել էիր, որ այս օրվա օրս հույսդ Մոսկովի բարեկամներուդ վրան է,— ասաց հեգնաբար:

— Այդ խոսքերովդ ի՞նչ ես ուզում ինձ հասկացնել,— ասացի բարկանալով,— կամենում ես, որ ես նորան կույր բախտի կամքին թողնեմ, որ աղջիկը քանի մի ժամանակ քաջությամբ կռվելով աղքատության և ամեն կերպ զրկանքի հետ, ի վերջո ամենայնի յուր վիճակը բարվոքե՝ բարոյականը զոհելո՞վ... հա՞, ա՞յդ է քու ցանկությունը, ա՞յդ է ինձ տալու բարի խորհուրդդ...

— Կամա՛ց, կամա՛ց, մի այդքան տաքանալ, արյունդ կպղտորես, քեզ ով ասաց, որ ես քու սրտի ընտրածին այդպիսի վիճակի եմ ցանկանում հասցնել, իմ կարծիքը այն է, որ դու ուրիշ հնար գտնես, առանց քեզ ծանրություն տալու՝ նորան այդ նեղ դրությունից ազատելու: Դու ասացիր, որ նա կրթված է: Ի՞նչ է նորա կրթությունը, գիտե՞ արդյոք լեզուներ, երաժշտություն, ասեղնագործություն, որ կարողանա մեկ տեղ դաս տալ, վարժապետություն անել և կամ վերջապես մեկ հարուստ գերդաստանում մանր երեխերքի դաստիարակուհի դառնալ:

— Ես նորան քննություն չեմ արել, բայց հավաստի եմ, որ դաստիարակուհի դառնալու համար գիտություն ունի, բայց ես առաջ աջ ձեռս կդնեմ դահճի սրի տակ, և ապա թե խորհուրդ կուտամ նորան այստեղումը դաստիարակուհի լինելու: Դու գիտե՞ս այստեղի դաստիարակուհիների վիճակը: Չգիտե՞ս, լսե՛ ուրեմն: Մատաղահաս և անփորձ աղջիկը մտնում է օտար գերդաստան, նորա պարտավորությունն է մանր երեխերքին ոչ միայն ուսումն տալ և դաստիարակել, այլև նորա ծնողաց հրամանով երես առած տղերքի ամենաչնչին կամքը կատարել, նա ստիպված է նոցա հետ փողոցե փողոց ման գալ, նոցա ամեն հիմար շարժմունքին պատասխանատու լինել, տղան ցած ընկավ, վրայի հալավը կեղտոտեց՝ դաստիարակուհին է մեղավոր, տղան աչքածակություն է անում, չափից ավելի է ուտում, հիվանդանում է ու սկսում տնքալ՝ ո՞վ է մեղավոր, դաստիարակուհին, հետո տանտիկնոջ խելքը մտնում է երթալ խանութե խանութ, փողոցե փողոց քաշ գալու՝ ո՞վ պիտի ընկերակցի նորան շան պես,— դաստիարակուհին, այդ ևս բավական չէ. տանտիկնոջ տանը չեղած ժամանակը՝ նորա պատվական ամուսնի ձանձրությունը փարատելու համար՝ էլի խեղճ դաստիարակուհին պարտավորված է նստել ու նորա հետ дурачки խաղալ: Էլի ուզո՞ւմ ես որ ասեմ, մոտեցիր ինձի (այդպիսի բաները միայն ականջին են ասվում)... հիմի հասկացա՞ր, բայց եթե ո՛չ՝ տնից ամոթով դուրս է ընկնում խեղճ դաստիարակուհին: Այժմ ինքդ պարզ տեսնում ես, որ ... ի և դաստիարակուհիի մեջ տարբերությանը շատ քիչ է. մեկի ամսական գինը 100—500, իսկ երկրորդին՝ 10—25 մանեթ: Հավատո՞ւմ ես ինձ այժմ, որ ես իրավունք ունեի ասելու՝ լավ է ձեռքս կտրեմ, քան թե այդ անարատ աղջկանք խորհուրդ տամ դաստիարակուհի դառնալու: .

— Թե այդպես է, ուրեմն արա՛ ինչպես որ գիտես, իհարկե ես քու հոգու ազնվությանը երբեք չէի երկբայում, բայց, դու էիր մեղքս գալիս, հիմի էլ ասում եմ՝ այնպես արա՛, որ հետո չփոշմանես:

— Է՛հ, եղբայր, եթե մենք ազնիվ գործերումն էլ որ փոշմանինք՝ կնշանակե ավելորդ է աշխարհքիս երեսին մեր կենալը, մեղալամ, ասա, ջուրը ընկնենք էլի՛:

Հովհաննեսը լուռ էր: Երկրորդ ծխախոտը կպցրուց ու առաջ ու հետ սկսավ ման գալ սենյակի մեջ:

— Հովհաննե՛ս,— ասացի,— դու շատ ժամանակ այստեղ ես. ուրեմն պիտի լավ ճանաչես այստեղի հայերուն. ասա, խնդրեմ, ովի՞ց կարելի է քանի մի ռուբլի կարճ ժամանակով փոխ առնել:

— Ի՞նչ ասեմ քեզ: Թեև, դորդ է, ես ինքս էլ շատ անգամ սաստիկ կարոտության մեջ եմ եղել, բայց քաշվել եմ հայերից օգնություն խնդրելուց, և ոչ ոք էլ նոցանից կարեկցություն չի ցույց տվել իմ վիճակին, թեև հազած շորերս դժվար չէր իմանալ իմ որպիսությունը: Երևի թե սառ երկիրը ազդում է նոցա հոգու ջերմաչափին: Բայց դու փորձ փորձե, կարելի է, որ իմ նկատմունքը անհիմն են. հարուստ մարդիկ շատ կան՝ Բ...–ը, Գ...–ը, Դ...-ը և այլն:

— Դու լսե՞լ ես, այստեղում մեկ հայ կա՝ մականունը Հովսեփյան, որ ասում են շատ բարեհոգի մարդ է, և ինչ հայ կուզե լինի, ամենին անխտիր օգնում է, արդյոք...

Խոսքս բերանումս էր, որ դռնապանը բացեց դուռը, ներս մտավ՝ ձեռքին մի թուղթ բռնած. «Ձերդ ազնվություն,— ասաց ինձ,— ահա հայտարարություն ձեր անունով եկած, նամակատանից փող ունիք ստանալու»:

— Փո՞ղ է,— հարցրեցի վազելով դեպի դռնապանը,— շո՛ւտ, շո՛ւտ, տո՛ւր այստեղ... շնորհակալ եմ: Ձախ ձեռքով պինդ բռնած՝ աջ ձեռքովս դողդողալով կոտրեցի կնիքը, բացի և տեսա, որ Մոսկովից 30 մանեթ եմ ստանալու:

Դռնապանը դուրս գնաց:

— Հը, տեսա՞ր,— ասացի ուրախությունիցս թռչտելով, ինչպե՞ս է քու մարգարեությունը, կարելի՞ է երբեմն հուսալ բարեկամների վրա: Ես քեզ չէի՞ ասում, որ իմ բարեկամները ազնիվ տղերք են: Փա՜ռք աստուծո, այժմ ոչինչ բանից վախ չունիմ, ու այսուհետե կարող եմ պարզերես երթալ իմ Մարիի մոտ և ասպետի քաղաքավարությունով նորա ոտների մոտ դնել իմ բոլոր հարստությունը և ասել որ...

— Բաս մեզ համար ոչինչ չի՞ մնալ,— հարցուց Հովհաննեսը խղճալի ձայնով:

— Ա՛խ, ներե՛, հոգիս, ես միանգամայն շշկլվել էի. ինչպե՞ս կարելի է որ մեզ համար ոչինչ չթողնեմ, իհարկե, որ մեզ համար էլ մասն կհանեմ այնտեղեն: Հենց որ փողը ստացա, նախ և առաջ կերթամ մեզ հարկավոր բաները կառնեմ, տուն կբերեմ, և ապա կերթամ իմ նազելիին ուրախացնելու: Լավ չէ՞:

— Խիստ լավ է, խիստ լավ,— ասաց ուրախացած ընկերս,— ասա տեսնենք, ինչպե՞ս պիտի կարգադրես, ի՛նչ ու ի՛նչ բաներ պիտի առնուս:

— Հայտնի բան է ինչ կառնում. կառնում տասը գրվանքա շաքար, մեկ գրվանքա թեյ, երկու գրվանքա ծխախոտ, սուրճ, երշիկ, պանիր... բոլորը բոլորը կառնում: Սև օրվա համար էլ մոտս կպահեմ հինգ մանեթ: Լավ չէ՞ կարգադրությունս:

— Խի՛ստ լա՛վ է, խիստ լավ. մեկ մանեթ էլ ինձ կուտա՞ս:

— Ինչի՞դ է պետք:

— Նկարելու համար թուղթ չունիմ. մատիտներս էլ գրեթե մաշվել, պրծել են. էնդուր համար է, որ էս քանի օրերս ճեմարան չեմ գնում:

— Հա, ինչո՞ւ չէ, մեկ մանեթ էլ քեզ կուտամ:

— Այսօր կոշկակարը ու լվացարարը եկել էին, մեկը երեք մանեթ ու կես էր պահանջում, մյուսը ութսուն հինգ կոպեկ, ի՞նչ ես կարծում, պե՞տք է նոցա տալ, թե ո՛չ:

— Իհարկե՛, իհարկե՛, անպատճառ կուտամ:

— Մանրավաճառը գլուխս տարավ էս քանի օրը. երկու մանեթ յոթանասունհինգ կոպեկ էլ նորան պետք է տալ:

— Ի՛նչ ասել կազե՛, որ նորան էլ անպատճառ պետք է տալ. գիտե՞ս խո՝ եթե նորա աչքը մեկ անգամ վախեցավ՝ շատ օրեր ծոմ կպահենք:

— Կաթ ծախող կնիկը նմանապես պահանջում էր հիսուն կոպեկը:

— Անպատճա՛ռ կուտամ, անպատճա՛ռ, չի կարելի չտալ, մեկ որ խեղճ կնիկ է, հենց մեկ էն կովն է որ շատ անգամ թեյ ու շաքար չունեցած ժամանակներիս, գիտես խո, նորա բերած կաթովն էինք օրներս անցկացնում, ումին տամ չտամ՝ դորան անպատճառ կուտամ:

— Խա՛–խա՛–խա՛,— ծիծաղեցավ ընկերս, եթե այդքան ճիշտ հաշիվ կտեսնես,— ասաց,— բաս մեծ զոհ չես բերիլ սրտիդ ընտրածին:

— Ինչո՞ւ,— ասացի զարմացած,— երեսուն մանեթը քի՞չ փող ես կարծում:

— Երեսուն մանեթը այն մարդու համար քիչ փող չէ, որն որ ամեն ամիս ավել պակաս գրեթե էլի այդքան է ստանում, բայց քեզ համար, որ ներկայիդ և ապագայիդ բոլոր հույսը այդ է՝ ոչինչ բան է երեսուն մանեթը, մանավանդ որ այժմ դու կես տնավորված ես:

— Է՛հ, Հովհաննես, Հովհաննես, աստված ինչե՞ր տվող չէ, կարելի է որ այս խեղճ աղջկա աղոթքով իմ բախտի չարխը դեպի բարին շուռ կուգա. ո՞վ գիտե:

— Աստվա՛ծ տա, աստվա՛ծ տա:

Երկուսս էլ պես-պես մտածողության մեջ ընկանք: Հետո Հովհաննեսը ասաց ինձ. «Կարծեմ, Միքայել, քեզ ժամանակ է քնելու, որ առավոտը չուշանաս: Իմ քունը չի տանում: Ես ուզում եմ այս գիշեր և եթ պրծացնել ***–ի պատկերը,— կարելի է դորա համար մեկ քանի մանեթ ձեռք ընկնի:

Ղորդ որ աչքերս ծանրացել էին. հոգուս ու մարմնուս ցնցումը սաստիկ խոնջացրել էր ինձ, այնպես որ լեզուս դժվարավ շարժում էր բերանիս մեջ: Երեք աթոռ մեկմեկու մոտ շարեցի, նշանազգեստս և ուրիշ հալավներս ծալեցի դրի բարձի տեղ, թիկնոցս առի վրաս ու պառկեցա, և քունը անմիջապես իջավ վրաս:

Չգիտեմ քանի ժամանակ այսպես քնած մնացի, մին էլ հանկարծ զարհուրած քնես վեր թռա՝ մոլորած աչքերս դարձացի չորս կողմս, Հովհաննեսը նստած էր սեղանի առաջ քնթի տակով մի երգ երգելով, մատիտը ձեռին նկարում էր. ճրագը գրեթե պրծել էր: - Հովհաննե՛ս,— ասացի,— քանի՞ ժամը կլինի այժմ:

— Ժամացույցս մոտս չէ, սպասե փոքր ինչ, կերթամ ջհուդի մոտ, կիմանամ ու քեզ իմաց կուտամ, ասաց ծիծաղելով:

— Էլի՛, էլի՛, ի՞նչ ես կարծում, շա՞տ ժամանակ քնած էի:

— Հա՛, կլինի էսպես երեք ժամ:

— Ա՛ տղա, գիտե՞ս ինչ. մեկ սարսափելի երազ տեսա, մինչև հիմի վախիցս ուշքս վրաս չի գալիս:

— Թե՞ երազի չէիր հավատում:

— Ես քեզ ասացի՞ որ հավատում եմ:

— Ապա ինչո՞ւ վախեցար այդքան:

— Միթե ես գիտեի՞, որ երազումս տեսածս— երազ էր: Ուզում ե՞ս պատմեմ ինչ տեսա:

— Պատմե, պատմե, այսօրվա համար Մոսկո-վում տպած օրացույցի մեջ ասած է, որ օրն չար է, երազն տասնըհինգ օրեն կատարի:

Մրտիս մեջ դող ընկավ: Մարդուս կյանքումը այնպիսի րոպեներ կան, երբ նա ակամա սնապաշտ է դառնում: Եթե միտքներդ բերեք (կարդացողք, ձեզ եմ ասում) այն խորհրդական հանդիպումը, որ ունեցա Մարի Վեռդենի հետ, այն անցքը, այն պատմությունը, որ նորանեն լսեցի, ինձ հանկարծ փող պետք լինելը և այդ հուսահատ դրության ժամանակ ասես թե երեսուն մանեթը ինչպես երկնքից ընկնելը, և վերջապես այն երազները, որ գրեթե միևնույն պարունակությամբ տեսանք ես և Հովհաննեսը— այս ամենը՝ ինչ ասել կուզե, որ ժամանակավոր թեթև տպավորություն կարող էին ունենալ մի երիտասարդ տղի վրա: Բայց ես ամոթիցս աշխատեցա հանդարտ երևել ընկերոջս աչքին ու սկսա այսպես պատմել.

— Երազիս մեջ տեսա, իբր թե, ես և Մարին ման էինք գալիս Ամառվա պարտեզումը. ես իմ հասարակ ուսանողական հին շորերս ունեի վրաս, բայց Մարին այնպես զարդարված էր, որ նորա բնական գեղեցկությունը մեկմեկով էր ավելացել։ Մոտերես անցնողները հիանալով նայում էին նորա վրա. թեև Մարին սառնարյուն և անտարբեր էր այդ ընդհանուր զարմանքին, բայց ինձ շատ անդուրեկան էր, երբ ո՛վ ասես իր լիրբ աչքերը դարձնում էր նորա վրա։ Մին էլ հանկարծ մի զինվորական վազելով եկավ եռտներես, բռնեց Մարիի կռնեն և բռնաբար խլեց ինձանից։ «Միքայել, ասաց Մարին կողկողագին ձայնով, հասի՛ր ինձ օգնության, արի՛, արի՛»։ Միրտս արյուն կոխած վազեցի ետևներեն. բայց նոքա այնպես շուտ էին գնում, որ անհնարին էր նոցա հասնելը։ Պարտեզեն դուրս գնացին դեպի Նևա, բայց ես դեռևս շատ հեռու էի նոցանից, զինվորականը գնաց գետի ափը, վարձեց նավակ, բռնությամբ մեջը նստեցուց աղջկանը, ես միայն այն ժամանակ մոտեցա գետին, երբ նոքա արդեն Նևայի մեջտեղումն էին։ «Մարի՛, Մարի՛,— կանչեցի,— աղաղակե՛, օգնություն կանչե՛»։ Բայց ձայնս չէր հասնում նորա ականջին։ Ուրիշ նավակավարները ծիծաղելով նայում էին վրաս ու ասում էին. «Ի՞նչ է, պարոն, տարա՞ն թռչունը, տո՛ւր հարյուր մանեթ՝ ետևներիցը կհասնենք, թե չէ՝ կորա՛վ ու կորա՛վ աղջիկը»։ Եվ ոչ ոք չէր կամենում ինձ կարեկցել։ Մարդկանցմե օգնություն չունեի, բարկությունիցս կրակված աչքերս երկինք բարձրացուցի, ի՞նչ տեսնեմ, օդի մեջ Մարին թռչում էր և նորա ետևից նույն զինվորականը ընկել էր, ուզում էր բռնել։ «Մարի՛, Մարի՛,— կանչում էի ցածից,— իմ մոտ իջի՛ր, ցա՛ծ իջիր»։ «Չէ, ասաց նա, ես երկինք կերթամ, երկրամը չար մարդիկ են կենում»։ «Մարի՛,— շարունակում էի աղաղակել,— իջի՛ր իմ մոտ, իջի՛ր, ոչ ոքից մի վախենալ»։ «Չեմ իջնիլ.

վախենում եմ, այդտեղ ամենքը ինձ վնասել են աշխատում»: «Մարի՛, ինձ չե՞ս սիրում, Մարի՛, ինձ մոռացա՞ր, ի սեր աստուծո, իջի՛ր ցած, երկինք մի՛ երթալ»: «Դու ինձ չե՞ս սպանիլ»,— հարցուց Մարին ցած իջնելով» «Չէ՛, չէ՛, չեմ սպանիլ,— պատասխանեցի»: Մարին հոգնած էր և հազիվ կարողանում էր թռչել, հանկարծ ուժը թուլացավ և օդի մեջ պտուտ գալով գլխիվայր գետին գլորվեցավ ոտերիս մոտ: Կռացա, տեսնեմ՝ անշարժ էր, երեսի գույնը սպրդնած, շունչ չի կար վրան:— Ա՜խ, մեռավ, մեռա՜վ աղջիկը,— ասացի ու զարթեցա:

— Ի՞նչ ես կարծում, Հովհաննես... ի՞նչ պիտի նշանակե այս երազը:

— Դու մեկ իմաստուն տղա ես, մի՞թե այդպիսի բաներուն կարող ես հավատալ, չորս-հինգ ժամ առաջ չէ՞ր, որ ինձ բարի խրատ տվիր երազին չի հավատալ, այժմ իմ մեկնությունն ես հարցնում, որ հետո էլի վրաս ծիծաղես: Չէ՛, ես այդքան չեմ հիմարանալ,— ասաց սիրտը ինձանից ցաված:

— Հիմի ի՞նչ եղավ քեզ, ինչ զարմանք մարդ ես եղել, հանաք էլ չի կարելի անել քեզ հետ:

— Ուզես հանաք արա՛ ուզես մանաք. իմ կարծիքը այն է, որ երազի ու իսկության մեջ անմեկնելի կապ կա, և երազը թեև ոչ միշտ և ոչ ամեն այիհ-օյին հանգամանքումն, բայց երբեմն կատարվում է, և այդ այն ժամանակ, երբ որ մարդուս կյանքումը մի մեծ և նշանավոր փոփոխություն է լինելու: Աստված տա, որ աամձներս սուտ դուրս գան՝ ես հոգվով չափ ուրախ կլինիմ. բայց... հոգիս վկայում է, որ այդ. ճանաչվորությունդ աղջկա հետ՝ երկուսիցդ մինի գլխուն մեկ փորձանք պիտի բերե։ Էլի եմ ասում՝ աստված անե, որ գուշակությունս չկատարվի։ Միքայել, արի՛ այս անգամ լսե իմ բարի խրատը, թո՛ղ այդ աղջկան իր բախտին, մի՛ խառնվիր նրա գործերի մեջ, մի շարունակիր սկսած ճանչվորությունդ, միանգամայն ձե՛ռք վեր առ նորանից. ոչ դու առանց նրան, և ոչ նա առանց քեզ— չեք կորչիլ։ Երևակայե՛, որ դու քառորդ ժամ կամ առաջ կամ հետո անցնելու լինեիր կամրջի վրայով— չպիտի խո տեսնեիր նորան, եթե չտեսնեիր՝ չի պիտի ընկնեիր ետեից. եթե ետնից չընկնեիր՝ չէիր սիրահարվիլ, կնշանակե, որ նա քեզ չէր ճանչնալ և առանց քու օգնությանը կազատեր գլուխը այդ նեղ դրութենեն։ Աստված ողորմած է. բարի մարդիկ ամեն տեղ կան, և նա մեկ կերպով կգտնե ճար իր ցավին։

Ես լուռ էի. երազս ինձ այնպես շփոթել էր, որ կիսով չափ համոզվեցա ընկերոջս խրատեն և խոսք չգտա նորան պատասխանելու։

— Աստ՛, խնդրեմ,— շարունակեց Հովհաննեսը,— դիցուք թե խելոք մարդիկ երազը այսպես են մեկնում թե՝ մարդ արթուն ժամանակը ինչ բանի վրա որ մտածե, խոսքը կամ ուշկը դարձնե՝ գրեթե նույն բանը մոտ ի մոտո տեսնում է երազումը։ Այդ ես հասկանում եմ և հավատում եմ։ Բայց ինչպե՛ս կմեկնես իմ տեսած երազը, ես խո չգիտեի, որ դու այդ ճանչվորությունը արել ես կամ անելու ես, այն ևս կարծել չես կարող, որ ես մտքիցս եմ հնարել այդ երազը, ինչու որ դու տակավին աղջկա հետ ծանոթանալդ ինձ չէիր ասել, որ ես քեզ պատմեցի տեսած երազս:

Փոքր ինչ լռությունից հետո՝ նորից ասաց.

— Չէ՛, չէ՛, չէ՛, ինչ ուզես կարծե, ի՛նչ ուզես մտածե՝ այդ աղջկա գլխուն մեկ փորձանք պիտի գա քու պատճառով: Ես թեև տեղով չեմ կարող ասել, թե նորա անբախտությունը ուրտեղաց պիտի ծագի և ինչո՛վ պիտի վերջանա, բայց գլուխս կուտամ կտրելու, եթե նախազգացմունքս չկատարվի, ա՛յ, կտեսնես:

Ճրագը հալվել, պրծել էր, միայն տակի փաթաթած թուղթն էր վառվում որ մեկ մեծ լույս էր տալիս, մեկ խավարում էր:— Հովհաննեսը վեր կացավ տեղեն, հանվեցավ ու պառկեցավ: Բայց իմ աչքերես քունը իսպառ փախել էր: Ճրագը սկսավ չրոթ-չոթալ ու հանգավ, սենյակը լցվեցավ նորա խեղդաշունչ ծխովը:

— Բարի գիշեր,— ասաց ընկերս, շուռ եկավ անկողնի մեջ. սկսավ փսսալ, շվշվալ, խռխռալ ու վերջապես անուշ–անուշ քան եղավ:

Մոլորած երևակայությունս սկսավ առաջիս հազարումեկ զանազան պատկերներ նկարել մեկմեկե քստմնելի, մեկմեկե զարհուրելի: Ո՛չ երազ էր տեսածս, ոչ տեսիլ, այլ երկուսին էլ նման մի բան: Այս մութ տեղումը, այս գերեզմանական լռության մեջ Հովհաննեսի գուշակությունը սաստիկ ազդում էր ինձ: Դագաղներ, շիրիմներ, սուգի հալավներ, մեռելաթաղներու ջահեր, մարդու կմախքներ էին անդադար երևում աչքիս ու սանդարմետական ծափ ծիծաղով պտուտ ու պար գալիս չորս կողմումս։ Մահվան քրտինք իջավ վրաս։ Վախից գլուխս ծածկեցի թիկնոցով, բայց այնտեղ էլ դադար չունեի, շնչիցս տաքացած օդը խեղդում էր ինձ։ Ամոթս գալիս էր ընկերոջս զարթեցնելու, որ փոքրոգությունս չիմանա նա և չծիծաղի վրաս։ Այսպես հինգ թե չորս տաժանական ժամ անցուցի,— թշնամիս չհանդիպի՜...

Վերջապես՝ լույսը սկսավ կամաց կամաց պատուհանեն ներս մտնել, զանգակները տխուր ղողանջում էին հեռվից, ու աքաղաղները ժամանակ առ ժամանակ բարևում էին լուսազալը։ Այլևս միտս չէ, երևի թե այդ միջոցին քունս տարել էր։

Դ

Մյուս օր, առավոտը, երբ որ տնից դուրս եկա ու փողոց մտա, ի՜նչ ասել կուզե, որ առաջին գործս եղավ ուղիղ և գրեթե վազեվազ դեպի նամակատուն երթալ (դռնապանը արդեն վավերացրել էր տվել հայտարարությունը թաղապետի գրասենյակում): Գիտցողը գիտե, որ Սմոլենսքեն մինչև նամակատուն առ սակավը կլինի երեք վերստ, որն ես անցա կես ժամվա մեջ: Ավա՜ղ, որ ո՛չ խեղճ Հովհաննեսի կարիքը և ոչ մինչև անգամ իմը լցնելու համար էր այդ շտապ տագնապս, այլ մի օտար աղջկա համար, որին արդեն սիրել էի առաջին անշահասեր ու անկեղծ սիրովս:

Չգիտեմ, այժմվա երիտասարդներին հայտնի՞ է արդյոք առաջին սիրո զգացմունքը, եթե հայտնի է, նոքա ինձ կհասկանան, և իմ վրա ոչ կծու ծաղրով և ոչ արհամարհական ժպիտով կնայեն, բայց եթե հայտնի չէ... բայց եթե նոցա սրտի վարդը բացվել գիտե ոչ սոխակի երգի, այլ ոսկու ձայնի համար, այն ժամանակ ես նոցա ասելու ոչինչ չունիմ: Վա՜յ նոցա:

Աղջի՛կ, խոսքս քեզ եմ դարձնում: Երբ որ մի

երիտասարդի սևորակ աչքերը քու սիրտը թափանցեց ու մեջը մի ջերմ հեղուկ լցրեց, եթե մի մատաղահաս թարմ և առույգ պատանիի ձեռքդ սեղմելը քու երակների մեջ էլեկտրական զորություն մտցուց. եթե մի երիտասարդի քու մոտից անցնելը, ասես թե, ետևեն վարդ ու մեխակի հոտ թողաց քեզ համար, եթե քու աչքը մի երիտասարդի աչքին հանդիպելիս քու սիրտը նվաղի ու մարմնուդ մեջ մի դուրեկան սարսուռ ընկնի՝ իմացի՛ր որ այդ քու առաջին, սուրբ, անկեղծ և աստուծո օրհնած սերն է. անվախ գնա նորա առջև, բռնե այդ սրբությունը ու էլ ձեռքիցդ բաց մի՛ թողնիլ. այդ քու ճակատագիրն, այդ քու բախտն է. մի՛ դավաճանիլ առաջին զգացմունքդ, առաջին սերդ, իմացիր որ դու արդեն միավորված ես հոգվով, և երկինքը օրհնել է քու ընտրությունը: Բայց... նայե՛, զգուշացիր այդ առաջին սերդ փոխելու գահի, հարստության, ոսկու, փառքի, կյանքի հարմարության հետ: Մի՛ ծախի հոգիդ, ապա թե ո՛չ դառնապես կզղջաս մի օր. ինքդ քեզ ծախելը այնուհետև սովորական բան կդառնա քեզ համար:

Այո՛, ես սիրել էի արդեն Մարիին,– խոստովանում եմ այդ աշխարհի առջև և այժմ ոչ միայն չեմ զղջացել կամ ամաչում եմ պատանեկան զգացմունքես, այլ ընդհակառակն, պարծենում եմ, մխիթարվում եմ, որ ես ևս սրտիս մեջ կրել եմ աստվածային կայծ... Սերը, ինչպես և ամեն առաքինություն, աստուծո առանձին շնորհն է. ամեն մարդու «խելքի բան չէ» ջերմ և անկեղծ սիրելը լոկ սիրելու առարկան և ոչ թե նորա ածանցական մասնիկները՝ օժիտի, ապագա ժառանգության, շահաբեր ազգակցության, հովանավորության և այլն, և այլն, և այլն անուններով։

Նամակատունումը ձեռքս տվին, ինչպես հայտարարության մեջ ևս նշանակած էր, երեսուն ռուբլի, փողը Գ. Ք. և Մ. Թ. բարեկամներեւս էր. այդ փողով պիտի տպեի մեր շարադրությանց ժողովածույքի առաջին տետրը։

Այն օրն ինձ այնպիսի բան պատահեցավ, որ մինչև այժմ ինքս ինձի մեկնել չեմ կարողանում, և եթե պատմեմ, գիտեմ, շատերին անհավատալի պիտի երևի, այսուամենայնիվ դա այնքան ճշմարիտ է, որքան ճշմարիտ է արեգակի ամեն ցերեկ, ու աստղերու ամեն գիշեր երկնքի վրա փայլելը։ Գիտեմ կասկածամիտ մարդիկ այս պատմելու միջնավեպս պիտի համարեն իմ մտացածին deux ex machina-ն (սարքած բան)— այդ շատ լավ գիտեմ, բայց ի՞նչ փույթ, իրողությունը կմնա, թեկուզ անմեկնելի էլ լիներ նա մարդոց համար։ Ո՞վ չգիտե Շիլլերի ասածը, թե՝ աշխարհիս երեսին դեռևս շատ անմեկնելի գաղտնիք կան։ Իմս էլ նոցա թվումը համարեցեք։

Լսած կա՞ք արդյոք Պետերբուրգի Щукин двор ասած վաճառանոցի մասին, որին հայերս Գող-բազար էինք ասում, ուր կոպեկանոց լաթեն բռնած մինչև հազար մանեթանոց սամուրի մուշտակ կարող էիր գտնել, ուր Суздал-ի богомаз-ների պատկերների մեջ հնագետը կարողացել է փոշիի տակից դուրս հանել Ռաֆայելի, Քորրեջիոյի ու վան Դեյքի անգին պատկերները, ու ամեն տեսակ հին, ժանգոտած, կոտրատած, պատառոտած երկաթներ, հայլավներ, գրքեր, շալեր, ինքնաեռներ, կոշիկներ, միով բանիվ՝ ինչ որ սիրտդ ուզենար, կարող էիր ճարել, գրպանումդ գտնված փողի քանակության համեմատ: Ահա իսկ այդ Գող-բազարումը մի հնավաճառ խանութպանի մոտ վաղուց մի հնաձև գրասեղան էի հավանել, որն ոչինչ աչք շլացնող արտաքին տեսք չուներ, ոչ նորաձև էր և ոչ էլ հարմար էր գործադրության համար, ինքը մի հաստափոր, կարճոտանի ու հնոցի մեծությամբ մի սեղան էր, վրան ու մեջը անհամար զզրոցներ կային՝ ո՛րը թանաքամանի, ո՛րը բանալիների, ո՛րը ծխախոտի, ո՛րը այս և ո՛րը այն— հազար տեսակ մանրմունր առարկաների համար: Ես էլ չգիտեմ թե՝ ինչի՞ն էի հավանել, յուր տգեղությունով ու անճոռնիությունով, հավատացնում եմ, ներս մտցնելու կարասի չէր, բայց ամեն անգամ որ Գող-բազար էի պատահում՝ մի անհայտ զորություն, կարծես թե, քաշում էր ինձ այդ հնավաճառ խանութպանի մոտ, և ամեն մոտենալիս՝ անպատճառ ծախս էի անում այդ գրասեղանը, թեև շատ անգամ գրպանումս կոպեկ էլ չունենայի:

Հենց որ բարեկամիս ուղարկած երեսուն մանեթը ձեռքս առի, իսկույն միտքս եկավ չնաշխարհիկ գրասեղանը, և ի՞նչ եք կարծում, ո՛չ դեպի Մարին շտապեցի, ո՛չ դեպի Հովհաննեսը, այլ ուղիղ գնացի հնավաճառի խանութը և, ըստ սովորությանս, սկսա հազարերորդ անգամվա ծախսս:

— Կարժե՞ որ ձեզ հետ գլուխ մաշեմ,— ասաց այս անգամ վիրավորված խանութպանը, դուք ինչպես նկատել եմ, միայն ժամանակ անցնելու համար եք գալիս ու ծախս անում, գնել խո ամեննին մտադիր չեք,— ասաց ու խստադեմ երես արավ:

«Չէ՛, չէ՛, ասացի, անպատճառ միտք ունիմ գնելու, եթե աժան տաս»:

— Առանց նորան էլ չնչին գին է պահանջածս,— ասաց մարդը, որ ինքն էլ, ինչպես երևում էր, սաստիկ զզվել էր այդ գրասեղանեն, որն նորա փոքրիկ խանութի գրեթե կես մասն էր բռնել.— մանեթ ու կեսը ի՞նչ փող է, որ խնայում եք... հավատացնում եմ ձեզ, որ վրան մանեթեն ավելի փայտ կա, եթե վառելու լինես. իսկ զամե՞րը, իսկ պտուտակնե՞րը, իսկ կղպակներն ու բանալիները... ի՞նչ եք ասում, գրեթե ձրի եմ տալիս, դուք էլի ծախս եք անում...

«Վաթսունհինգ կոպեկի կուտա՞ս»,— ասացի: (Ուրիշ անգամները հիսուն կոպեկից ավելի չէի տալիս: Աչքս վախեցել էր ռուս վաճառականներից, պատճառ որ՝ մի որևէ բան գնելիս նոցա պահանջած գնի քառորդն եմ վճարել ապրանքի համար և այնուամենայնիվ դարձյալ միշտ խաբվել եմ):

— Հավատացնում եմ ձեզ, որ ինձ ավելի թանկ արժե,— ասաց ըստ սովորության ռուս վաճառականների, ինքս մանեթ ու քանիհինգ կոպեկ եմ տվել, մի՞թե քանիհինգ կոպեկ շահ պիտի չունենամ, չորս տարիից ավելի է, որ խանութիս մեջ տեղ է բռնում,– ասաց ու բարկությամբ թքեց հավանած գրասեղանի վրա, ու հետո ավելցուց՝ էլի քանի ժամանակ կսպասեմ, եթե ծախեցի՝ լավ. թե չէ՝ ահա երդվեցա, կառնում կացինի տակ կդնեմ ու ինչպես որ կա՝ փշուր-փշուր կանեմ ու հնոցը կձգեմ:

Ճշմարիտ պետք է ասեմ, որ շատ կոպտատարազ ու անձոռնի շինված բաներ էի տեսել, բայց այս գրասեղանի նման այլանդակ բան կյանքումս տեսած չէի, ինչի՞ն էի հավանել, թեկուզ մեռցնեք՝ մեկնել չեմ կարող:

Խանութպանը շարունակեց՝ կուտա՞ք մեկ մանեթ: Ասաց ու ափը ափիս խփեց, ինչպես որ այս ծեսը սովորական է ծախող ու գնողի մեջ:

Ես էլ նորա ձեռքը առի՝ ահա քեզ յոթանասուն կոպեկ ու մեկ գռոշ չեմ ավելացնիլ,— ասացի ու ափս ափին խփեցի:

Նորից առավ նա իմ ձեռքս՝ իննսունհինգ կոպեկ կուտա՞ս,— ասաց, ու ափը ափիս խփեց:

Եվ այս կերպ փոխ առ փոխ մեկ մեկի ափին խփելով՝ բանը հասուցինք ութսուն կոպեկի:

— Возьмите его к черту! — ասաց հնավաճառը, ապրանք խո չէ. խայտառակություն է խանութիս մեջ: Խեղճ մարդու երեսից քրտինքը կարկտի պես թափվում էր: Փողը տվի խանութպանին:

Զարմանալու բան. բնավորությամբ ես ոչ ժլատ եմ և ոչ փողասեր, բայց չգիտեմ ինչու սաստիկ սիրում եմ խանութպանների հետ համառությամբ ծախս անել:

Վարձեցի սայլապան, երեք հոգի հազիվհազ կարողացանք սայլի վրա դնել այս փայտաշեն եգիպտական բուրգը, որն տարինք զիարդ և իցէ տեղավորեցինք մեր սենյակի մեջ: Հովհաննեսը դեռևս Գեղարվեստական ճեմարանեն վերադարձած չէր:

Ինչպես որ ասել էի, գրասեղանը անթիվ անհամար մանր ու խոշոր զզրոցներ ուներ, նորա վրան և կողքերին հարյուրեն ավելի պղնձազլուխ գամեր կային՝ իբր թե զարդի համար, բայց բոլորը ժանգոտված, կանանչ գույն ստացած, սեղանի վրայի չուխան (մահուդ), նորա փայտեղեն մասունքը բոլորովին շպարված էին չորացած թքով, տղմով ու հազար տեսակ կեղտերով, սենյակի օդը մի րոպեի մեջ ապականվեցավ, խոնավ, բորբոսած մառանի հոտ ստացավ: Իսկույն գնացի մի կոնք (լագան) ջուր բերի, թաթախեցի մեջը սպունգը ու սկսա լվանալ, երեք անգամ կոնքի միջի ջուրը փոխեցի, չորրորդ անգամն էլ նա թանաքի պես սև էր: Ինչպես և իցե փոքր ինչ մաքրություն տվի սեղանիս տախտակեղեն մասին ու հետո սկսա գամերի ժանգը մաքրել. առի չուխայի կտոր, թաթախեցի քացախախառն կավիճի մեջ ու սկսա պինդ պինդ գամերին քսել: Գամերից մինը այս կերպով մաքրելիս հանկարծ մի թխկոց լսվեցավ. նայեմ՝ մի գաղտնի զզրոցի կափարիչը բացվել է. մի՛ ասիլ, որ իմ վերջին մաքրած գամը և այդ բացված զզրոցի կափարիչը իրար հետ կապակցություն են ունեցել: Ինչ և իցե: Այս կերպով առջևս մի նոր զզրոց բացվեցավ, որի մեջ տեսա մեծ ու փոքր շատ կապոցներ ու ծրարներ, սկսա նոցա բանալ ու մեջերի գտնվածը աչքե անցնել: Որի մեջ հին ձեռագիր թղթեր էին, որի մեջ գրիչներ, մատիտներ, կնիքներ, կնքամոմի կտորներ, իսկ ուրիշների մեջ կային ականակուռ մատանիներ, մարգարտի շարոցներ, ոսկի ու ակնաիեռ քթախոտի տուփեր, և մի կապոցում «դիփ-նոր» խոշոր ոսկի դաիեկաններ, Մարիա Թերեզա կայսերուիվո օրով տպած լատինական գրերով, թվով հինգ հարյուր հատ: Մազ մնաց, որ խելքս պիտի թռչեր գլխես:

Առաջին նվազ կարծում էի թե՝ երազի մեջ եմ, և որովհետև երազումս փող գտնելը ինձ շատ անգամ պատահել էր, և որովհետև կարծում էի թե՝ այս ևս երազ է, ստուգելու համար, սկսա մազս քաշել ու միսս կճմտել: Տեսնում եմ որ ցավում է, կնշանակե՝ այս բանը երազ չէ, այլ ուրախալի իսկականություն: Մի րոպեի մեջ հազար տեսակ անելիք բաներ մտքովս անցան: Վերջի որոշմունքս այս եղավ, որ իսկույն հրավիրեմ բնակած տանս մեջ ամեն գտնվողներին և ցույց տամ այս գտած բաներս: Ինչպես որ մտածում էի այնպես էլ կատարեցի: Տան մեջ ով կար չկար, ամենքին հրավիրեցի, գտած առարկաներս մի առ մի ցույց տվի նոցա և հայտնեցի, որ անհապաղ պիտի տանեմ և ներկայացնեմ քաղաքապետին:

Ներկա գտնվողները, ո՛րը ինձ Դոնքիշոթ էին անվանում, ո՛րը անփորձ երիտասարդ, որը թերևս խելագար էին կարծում, շատերը խորհուրդ էին տալիս հետ կենալ այս տղայամիտ որոշմունքես և օգուտ քաղել բախտի այցելութենեն, որ մարդուս կյանքումը կամ մի անգամ է պատահում, կամ ոչ երբեք, բայց ես ոչ մի րոպե չտատանեցա իմ հաստատ որոշման մեջ և ոչ մի անգամ չփոշմանեցա: Եթե գործիս մեջ մի գովելի բան կա, դորա համար ո՛չ ինձ, այլ իմ պատվական ծնողներին պետք է «շեն կենաս» ասել: Այդ, հավատացնում եմ, ո՛չ դպրոցի, ո՛չ համալսարանի և ո՛չ հասարակական կյանքի ազդեցություն է, այլ առտնին դաստիարակության: Ինչնիցե:

Հինգ հարյուր ոսկին, ակնահեռ մատանիները, մարգարտի շարոցները, ոսկի տփերը, ձեռագիր թղթերը, միով բանիվ ինչ որ գտել էի գաղտնի զզրոցի մեջ, բոլորը մի ահագին կապոցի մեջ դրինք, ու թաղապետի— որին մի հրամանով դռնապանը հրավիրել էր— հետ նստանք կառք ու տարինք ուղիղ քաղաքապետին:

Երբ որ քաղաքապետը բանի էությունը իմացավ, ասաց ինձ, «Պարո՛ն ուսանող, դուք հարո՞ւստ մարդու որդի եք»:

— Ո՛չ,— ասացի,— իմ հայրս մի հասարակ... է, և այս բոպեիս...

«Ափսո՜ս, ափսո՜ս,— ասաց քաղաքապետը,— բայց բանը այն չէ. խոսքս դարձնում եմ ձեր վրա, մի՞թե չգիտեիք, որ դուք այն ժամանակ պարտավոր էիք այս առարկաները ինձ ներկայացնելու, երբ փողոցի մեջ գտած լինեիք, բայց որքան իմ խելքս կտրում է, այս առարկաները ո՛չ կորցրած են և ո՛չ գտած, դուք սոցա գնել եք, թեև շատ աժան գնով, ուրեմն դոքա ձեր լիակատար սեփականությունն են. թղթերից ես տեղեկացա, որ սոցա տերը կեցել է Ելիզավետա Պետրովնա կայսերուհիի օրով, ուրեմն ես մինչև անգամ չեմ համարձակում մի րոպե ձեզ չընդունել այս թանկագին առարկաների անձնիշխան տերը, իմ կարծիքով դորա ուրիշ տեր պիտի չունենան, երկբայում եմ, որ սոցա մի ժամանակվա տերը այժմ ժառանգներ ունենա»:

— Այս առարկաները ես առաջարկում եմ տերությանը այն հիման վրա, ինչ հիման վրա որ գետնափոր գանձերն ու հնադարյան հազվագյուտ առարկաները հրամայած է տերությանը նե՛րկայացնել,— ասացի:

«Այդ ջոկ բան է,– պատասխանեց քաղաքապետը:— Ես վստահ եմ, որ տերությունը ձեզ չի զրկիլ և այս առարկաները, առանց ձեզ առատաձեռն վարձատրելու, իրան չի սեփականիլ. կամ կիրամայե ձեզ վերադարձնել, կամ կգնե ձեզանից յուր թանգարանի համար: Այսպես, թե այնպես առ ժամանակ մի թող մնան սոքա իմ մոտ. իսկ դուք թողեք ինձ ձեր հասցեն, ես այսօր ևեթ ամեն պետք եղած կարգադրությունները կանեմ: Բայց որովհետև ձեր խոսքերեն նկատեցի, որ դուք չքավոր եք, ուրեմն ձեզ անշուշտ փող պետք կլինի: Ահա՛ ձեզ առ ժամանակ (ծոցից հանեց թղթակալը) հազար հինգ հարյուր մանեթ, իսկ ձեր գյուտը, հուսամ տասը հազար ռուբլի ավել կարժե. ուրեմն ինչ որ տերությունը կգնահատե և կնշանակե, այն անկորուստ ձեզ կհասցնեմ, վստահ եղեք»:

Եվ այսպես, ես մի րոպեի մեջ եթե ոչ հարստացա, գեթ

պատվական կերպով ապահովվեցա. մի խեղճ ուսանողի համար առձեռն պատրաստ 1500 ռուբլին և ապագայի 10.000-ի հույսը ոչնչով պակաս չէ վաճառականի զուտ միլիոն մանեթից:

Սեր, փող ու ջահելություն, ի՛նչ կախարդական ու հոգեպարար խոսքեր են, շատի՞ն այցելում է այդպիսի բախտ:

Ես ունեցա այդ բախտը և վայելեցի ուղիղ... երեք օր:

Ե

Մյուս օր մայրաքաղաքի լրագիրների սյունակները լցրած էին այս անցքի մանրամասն նկարագրություններով, իսկ հետնյալ օրը քաղաքի մեջ լուր փռվեցավ, որ իմ ծանոթ հնավաճառը յուր խանութի վերնատնումը վզին չվան ձգել ու կախվել է: Բայց թողնենք այս միջանկյալ մանրամասնություններն ու դառնանք վեպիս գլխավոր առարկային:

* * *

Քաղաքապետին թողած՝ իսկույն կառք բռնեցի և ուղիղ գնացի Милютинский ասված նպարավաճառանոցը: Ինչ որ աչքիս ընկավ՝ ապուխտներ, երշիկներ, տեսակ-տեսակ պանիրներ, կոնսերվներ, դյուշես տանձեր, թեյ, սուրճ, շաքար, շոկոլատ, պաքսիմատ ու հազար տեսակ այսպիսի ուտելու պաշար և չոր խորտիկներ գնեցի, նորա մի մասը առտելշչիկի ձեռքով Սմոլենսք բնակարանս ուղարկեցի, իսկ մյուսը հետս առած գնացի Մարիի տուն: Ինչ մեղքս պահեմ, Ելիսեևի գինեվաճառանոցն ես հանդիպեցի ու քանի մի շիշ շաթո-իքեմ, շաթո-լաֆիթ ու շամպայն գնեցի:

Մարին տրտում նստած էր. երեսը երեկվանե ավելի գունատ ու նիհար: Հացի փշրանք անգամ չի նկատեցի նորա սեղանի կամ չավելած գետնի վրա. թեյի կամ սուրճի, կամ առավոտվա նախաճաշիկի հետք չէր նշմարվում, թեև ժամը երկուսի մոտ էր. ակներև էր որ խեղճ աղջիկը այնքան ժամանակ դեռևս մի կտոր բան չէր դրել բերանը: Պառավները իմ գալովս սկսան քթերի տակ փնթփնթալ, թեև չէին համարձակվում կոպիտ խոսքեր ասել, երեկվա սաստս, ինչպես երևում էր, բավականին ազդել էր նոցա լրա:

— Ինքնաե՛ռ, իսկո՛ւյն,– կանչեցի այն ժամանակվա զինվորականների ձայնով:

Մեր ժամանակ ուսանողները դեռևս այնպես պատվարկ չէին ստորակարգ ժողովրդի աչքում, ինչպես որ վերջերը եղան, ուսանողը յուր եռանկյունիով, սուրով ու ցոլուն կոճակներով հարգանք էր ազդում խաժամուժին ու նորընտիր անփորձ զինվորներին, և այս վերջինները միշտ զինվորական պատիվ էին տալիս մեզ, որից մեր սիրտը մի մատ եղ էր կապում, և այդ մանավանդ այն ժամանակ, երբ մեզ, փողոցներումը զբոսնելիս, ուղեկից էին կարկարող բարեկամուհիներս: Է՜հ, ջահելություն է՜ լի:

Երբ որ ուտելեղենների հոտը առավ Մարին, կարծես թե յուր խորունկ թմրութենեն սթափվեցավ. տեսնում էի, ինչպես խեղճ աղջիկը, թեև թաքուն, բայց թուքերը անդադար կուլ էր տալիս, հայտնի նշան էր նորա սաստիկ անոթությանն ու գրգռված ախորժակին...

Վատ բան է քաղցածությունը, աստված թշնամիին չի տա: Պետերբուրգի չքավոր աղջիկներու կես մասը զոհ է գնում քաղցի բոպեական հանդարտեցնելուն, հավատացնում եմ ձեզ: Պետերբուրգի քաղցը մի ուրիշ, ճնշող, հալումաշ անող, տակավ առ տակավ սպանող զորություն ունի: Այդ ես փորձովս գիտեմ...

Հայե՛ր, հայե՛ր, միշտ արթուն աչքով հսկեցեք ձեր արենակից աղքատ ուսանողների վրա, որոնց բախտը ձգել է Պետերբուրգ, մի՛ խաբվիք նոցա վայելուչ արտաքինեն ու նոցա ինքնագոհությամբ լի խոսքերեն. առաջինը նոցա ծաղիկ հասակի նշանն է, իսկ երկրորդը՝ նոցա ազնիվ հպարտության... Եթե ինձ հարցնեք, ես կասեմ որ ամեն հայի վրա սուրբ պարտավորություն կա յուր կամավոր տուրքը (հայը ի բնե ողորմած է, այդ աներկբայելի է) այս աստիճաններու վրա բաժանել, յուր առաջին օգնությունը պիտի հասցնե նա ուսանողներին, երկրորդը՝ ազգային գործերու, երրորդը՝ եկեղեցին, իսկ չորրորդը՝ տեղական չքավորներուն, աղքատներուն և յոտ տնանկ ազգականներուն: Ուսանողի ամենափոքրիկ պիտույք լցնելը սուրբ պարտք է ամեն մի կուշտ-փոր հայի... և ի՛նչպես կարելի է անխնամ, երեսի վրա ձգած թողնել մեր ազգության ծաղիկները, մեր ամենաազնիվ կրտսեր եղբայրներուն, որոնք մի օր պիտի լինին մեր ազգի համար այն, ինչ որ չկարողացան լինել ո՛չ ոսկիի մեջ խեղդված վաճառականները, ո՛չ պատվախաչերով ծանրաբեռնած մեծավորները և ո՛չ բերանները լի աստվածային օրհնությամբ հոգևորականները: Հայոց ուսանողությունը կամավոր ողջակեզի զառն է ազգային սեղանի համար:

Գութ, գութ և շատ գութ խեղճ հայ ուսանողներին: Հականթոթափել շերտ-շերտ կտրտեցի փափուկ հացը, ապուխտը, պանիրը, երշիկը, պատրաստեցի մյուս խորտիկները ու համեցեք արի Մարիին: «Մինչև ինքնաեռի եփ գալը, այս գինիից մի փոքր խմեցեք», ասացի ու բացի լաֆիթի շիշը ու երկու բաժակ փրփրցուցի ու ինքս էլ սկսա ոչ թե ուտել, այլ խժռել:

Երիտասարդի ուտելու մեջն անգամ բանաստեղծություն կա, ինչպես և նորա ամեն մի խոսքի, գործքի ու շարժումնքի մեջ, եթե միայն նա երիտասարդ է և ոչ թե սնամազ ծերուկ:

Զառամա՜ծ հայ-կրեսոս, միլիոնիդ ո՞ր մասը կուտայիր, կյանքիդ այդ վերջին րոպեները էլի գոթ մի անգամ ուսանողի ախորժակով ուտելու, խմելու... Արդյոք– շատ անգամ մտքիցս անցնում է— այդ անպտուղ և անզոր նախանձը չէ՞, որ քու սիրտը քար է դարձնում ուսանողին օգնության հասնելու համար: Խոսք չունիմ, ժամանակե ժամանակ դու շինում ես եկեղեցի, դու կանգնեցնում ես դպրոցի շենք, դու անդամալույծներին ապաստարան ես տալիս. այդ շատ գովելի առաքինություն է. բայց դու այն էլ շատ լավ գիտես, որ ո՛չ քարաշեն եկեղեցին, ո՛չ քարաշեն դպրոցը և ո՛չ քարաշեն անկելանոցը ունի սուր փղոսկրյա ատամներ, երկաթ մարսեցնող ստամոքս ու աշխարհիքի ամեն բերկրությունը կուլ տվող ախորժակ: Այսուամենայնիվ, ես քու առջև ծնկաչոք կանգնած, աղաչում եմ քեզ, ով հայ ծերունի կրեսոս, խղճա խեղճ հայ ուսանողի վրա.— դու էլ մի օր երիտասարդ ես եղել, գոնե քու ամենաթանկագին օրերդ հիշե և հանուն նոցա փարատե սրտեղ այդ տնաքանդ նախանձը: Ես քեզ շատ լավ ճանաչում եմ, դու ավելի նախանձոտ ես, քան թե ժլատ:

Խոսքս դարձնում եմ դեպի մեզ՝ Մարիին և ինձ:

Շերտ–շերտի ետևե կուլ էին գնում հազար տեսակ հանաքներով ու ծիծաղներով այն թանկագին խորտիկների պաշարքը, որոնց հինգ մասերը աշխարհիս, իրանց բոլոր արվեստի ուժը գործ դնելով, պատրաստել էին մայրաքաղաքների ատամնազուրկ և ապականված ստամոքսով մեծատունների համար: «Տեր աստված, տեր աստված»,— ասում էի անդադար մտքիս մեջ՝ ո՞ւմ ես տվել փլավը և ո՞ւմ իշտահը: Երեկվա թաղումը, այսօրվա քաղցածությունը, վաղվա անտերունչ վիճակը՝ ամենը, ամենը մոռացել էր Մարին, մեկ պանրի կտոր էր ծամում, մեկ՝ երշիկ, մեկ՝ դյուշես, մեկ՝ շաթո-իքիմ էր խմում, մեկ՝ նորից պանիր էր առնում բերանը, և այսպես, անվերջանալի ծամել, կուլ տալ, ծիծաղել, շաղակրատել ու խմել:

Խե՛ղճ աղջիկ, երևի օրինավոր ծոմ էր պահել ոչ միայն երեկ և այսօր, այլև շատ օրեր սորանից առաջ:

Ախ, զարշելի աղքատություն, թեև, ինչպես ասում են,

դու մոլություն չես, բայց ամեն մոլությունների մայրն ես:

Մինչ այս, մինչ այն, խշխշալի ինքնաեռն էլ ներս եկավ և պատվելի խանութի նման բազմեցավ սեղանի վրա: «Թե՞յ կխմեք, թե սուրճ,– հարցրի:– Սուրճ, եթե կարելի է,– ասաց Մարին:

Իմ գնած պաշարեղենների մեջ պատրաստի սուրճ (բոված ու աղած) ևս կար. պակաս էր միայն սերը, որ իսկույն բերել տվի քավթառին:

Հոտավետ տաք սուրճն էլ որ խպշտեցինք՝ էլ մեր քեֆին քեֆ չէր հասնիլ:

Հանկարծ աչքս ձգեցի դաշնամուրի վրա: «Մարի՛,– ասացի, չէիք արդյոք հոժարիլ ինձ համար մի բան նվագելու, թեև»... ուզում էի ասել քո սուգի օրն է, բայց չասացի:

— Ինչո՞ւ չէ, մեծավ ուրախությամբ,— ասաց ու նստավ դաշնամուրի առջև: Դուք սիրո՞ւմ եք Մոցառթի հորինվածքը,— ավելցուց նա:

«Թեև երաժշտության չգիտեմ, բայց շատ սիրում եմ նվագներ, մանավանդ գերմանական, իսկ Մոցառթը, Բեթհովենը, Մենդելսոնը իմ աստվածությունն են. ես ուրիշ ոչինչ բարեպաշտ ժամ չեմ ճանաչում, բացի մեծ մարդոց հորինվածքի ականջ դնելեն»:

Մարին սկսավ անգիր նվագել Մոցառթի աշխարհահռչակ Requiem-ը և երբ որ հասավ չորրորդ գլխում, Rex tremendae majestatis-ին, արդեն ինքս ինձի մոռացա. չգիտեմ՝ շրջապատող հանգամա՞նքն էր պատճառը, թե՞ այն տխուր նվագը շարադրողի հանճարը, թե՞ Մարիի արվեստը (պետք է ասել, որ հիանալի ածում էր), չգիտեմ, չգիտեմ, միայն այս գիտեմ, որ իմ սիրահարությունը պատշաճավոր սահմանեն անցավ, և եթե այլևս քանի մի րոպե այդպես մնար՝ անշուշտ խելքս կթռցնեի: Նստած տեղիցս, ասես օձի խայթածե, վեր թռա, վազեցի ընկա Մարիի ոտներին ու խելագարի նման սկսա նորա ծնկները պագնել: Մարին ո՛չ զարմացավ և ո՛չ վիրավորվեցավ, այլ հանդարտ ձեռքը վեր առավ դաշնամուրի քլավիշներեն ու սկսավ մազերս յուր մատների վրա ոլորել ու դեպի ինձ կռանալով՝ քանի-քանի անգամ պագեց գլուխս: Աչքս բարձրացուցի ու տեսա որ՝ աչքերից թեև արտասուք էր գալիս, բայց երջանկության ժպիտը երեսին խաղում էր: Այդպես միևնույն ժամանակ համ աչքը արտասուք, հա՛մ երեսը ժպիտ կարող է ունենալ միայն բախտավոր մատաղահաս մայրը յուր անդրանիկի օրորից առջև:

Ա՜խ, ինչո՞ւ ինձ տված չէ Ռաֆայելի վրձինը, ես գիտեի, ինչպե՛ս պետք էր նկարել կնկա երջանկությունը այս անցավոր կյանքումը:

«Մարի՛, ասացի, այնպես չէ՞ որ ես քոնն եմ և դու իմը. այնպես չէ՞, որ այս Requiem-ը քու տրամադրության վերջին արտահայտությունն է, և դու այսուհետև ինձ հետ ուրախ ու բախտավոր կլինիս»:

— Ա՜խ, ինչպես կուզեի, ասածիդ պես լիներ,— ասաց նա և խորունկ հեկեկաց:

«Մարի, ի՞նչ ասել է այդ «կուզեին», մի՞թե ուզելը և

կատարելը քու ձեռքումը չէ. մի՞թե դու ազատ չես՝ սիրել որին և հավանես»:

Պատասխանելու տեղ Մարին նորից հեկեկաց ու երեսը շուռ տվեց:

Այս անգամն նա լալիս էր:

Ես կարծեցի թե մոր սուգը տակավին շարունակվում է. բայց հետո իմացա, որ սխալված էի:

Մին էլ հանկարծ տեղեն ելավ, հուսահատ շարժմունքով եկավ փաթաթվեցավ ինձ ու ամուր ձայնով ասաց,– ինչ լինելու է՝ թող լինի, բայց այժմ բախտավորացուր ինձ, ինչպես որ գիտես: Ասաց ու շուրթը շուրթիս կպցուց ու էլ պոկ չէր գալիս:

Զարմացա, այդ չափազանց էր: Կայծակի արագությամբ ետև-ետևե երկու միտք ծնան մեջս, «կամ այս աղջիկը այն չէ, ինչ որ ես սպասում էի, կամ գինին ազդել է նորա ներդերու վրա»: Թե այս լիներ և թե այն՝ երկուսն էլ ինձ համար մխիթարական չէին:

Երկու հարյուր տարվա մեռնողի թողած հարստությունը սեփականել չուզեցողը կարո՞ղ էր գողանալ մի անմեղ միամիտ աղջկա բարոյական գանձը:

Մարին դեռևս գրկիս մեջ էր, կամ առավել ճիշտ ասեմ՝ ես նորա գրկի մեջ էի. գլուխը ուսիս վրա դրած աղավնիի նման մրմնջամ էր ականջիս. «Ա՛խ, Միքայել, որքան սիրում եմ ես քեզ, և որքան ես անարժան եմ քու անկեղծ ջերմ սիրուն... ախ, իմ զանձս, (Schazhen), ինչո՞ւ մենք միմյանց հանդիպեցանք... դու ինձ կսպանես...»:

Այս խոսքերը ինձ բոլորովին շշկլացուցին: Այս տենդահույզ գրկախառնությունը, այս սիրո բաղձանքը, այս արտասուքը, այս երկյուղը— ամեննին իրար հետ չէին շաղկապվում, այդ միջոցին այդ ամենը ինձ առեղծանելիք էր երեում, որի լուծմունքը երբ որ գտա՝ բանը բանից արդեն անցել էր:

«Միքայե՛լ,— ասաց,— գիտե՞ս արդյոք որքան ես քեզ սիրեցի երեկ և որքան սիրում եմ այսօր և ինչպես դժվար է ինձ կամավորապես քեզ անձնատուր լինելս, բայց դու իմ հոժարությանը մի՛ սպասիլ, դու ինձ գողացի՛ր, դու ինձ հափշտակե՛, փախցրո՛ւ ինձ հեռու, հեռու, ոտնակոխ արա ինձ, ջնջե՛ ինձ, բայց գողացի՛ր, հասկանո՞ւմ ես, գողացի՛ր...

Ասում էր ու պագնում էր:

Բոլոր ասածներեն ես ոչինչ չի հասկացա, ես առավել համոզվեցա առաջվա ենթադրությանս մեջ թե՝ այս ամենը գինիի ազդեցությունն է երկար միջոց պաս պահած ստամոքսի վրա:

Ի՞նչ եք պահանջում մի երիտասարդե, որ մանկական խաղերեն, դպրոցի դասերեն ու համալսարանի դասախոսներեն ու դասագրքերեն զատ ոչինչ տեսած չէր կյանքումը: Կյանքի փորձը երբեք մարմին ու արյուն չդարձավ իմ մեջ: Ինձ պես երեխա բնավորությամբ երիտասարդ հազիվ թե կգտնվեր: Ճանաչողները ասում են թե՝ ես այժմ էլ նույնն եմ մնացել, ինչ որ էի շատ ժամանակ առաջ, այդ Վայելչյան տոհմի թերությունը կամ արժանավորությունն է,— ո՛րը կուզեք՝ հասկացեք: Կա մարդ, որ ասես թե, մորը արգանդեն փորձառու, բանբարակ է ծնում, կա և մարդ, որ մինչև գերեզմանի դուռը անփորձ ու չի խրատված է հասնում, ես ու իմ պապերը, ինչպես երևում է, երկրորդ դասակարգին ենք վերաբերվում:

— Մարի,— ասացի,— իմ դեպի քեզ ունեցած սերին դու երկբայել չես կարող, իսկ քու դեպի ինձ ունեցածին ես համոզված եմ. ես ոչ թե քեզ կամ քու պատիվը, այլև քու մի թելիկ մազը գողանալու հոժար չեմ, դու ո՛չ իմ սիրուհին, այլ իմ պատվավոր, օրինավոր ամուսինը կլինիս այս օրեն բռնած տասն օր հետո: Այժմ իմ խնդիրս քեզ այս է, որ դու այս օրվանեն սկսես նախապատրաստվելու այն ծանրակշիռ դերին, որն վրադ պիտի առնուս թե՛ ինչպես կին և թե՛ ինչպես... ասացի ու խոսքս չկարողացա վերջացնել, երկուսս էլ աչքներս խոնարհեցինք ու խնձորի նման կարմրեցանք:

«Ա՜խ, Միքայել, որքան ես քեզ սիրում եմ,— ասաց նա՝ բոլոր խոսքիս պատասխան,— ի՜նչպես լավ կլիներ, եթե դու ինձ բախտավորացնեիր, չթողնեիր, որ ինձ քու գրկեն խլեին մարդիկ, բայց ես վախենում եմ, որ մենք միմյանցմե անմխիթար կբաժանվինք»:

— Միայն մահը կբաժանե մեզ այսուհետե, իսկ

մարդիկ ու հանգամանքը՝ ո՛չ երբեք,— պատասխանեցի ես:

«Ես էլ այդպես եմ կարծում»,— ասաց Մարին ժպտալով, բայց այդ ժպիտի միջից դուրս ցոլանում էր անմեկնելի հոգեկան վիշտ:

— Մարի՛,— ասացի,— թեև այս րոպեիս ես հարուստ եմ և շատ հարուստ, բայց դու պատրա՞ստ ես արդյոք ինձ հետ տանել անհաջողություն, թշվառություն, չքավորություն և շատ ուրիշ կյանքի փորձանքներ:

«Երանի չէ՞ր լինի, որ քեզ հետ կյանքս անցնեի միշտ, թեկուզ խավարչտին բանտի մեջ, թեկուզ դժոխքի անշեջ կրակումը»:

Պատասխանի տեղ գրկեցի նորան, և այս անգամ երկար ժամանակ իրար գրկե դուրս չեկանք:

Հոգեկան ցնցումները, որ այս կարճ միջոցումը մին մինի քամակից հետևեցան, սաստիկ հոգնեցուցին թե՛ հոգիս և թե՛ մարմինս: Մի փոքր հանգստություն էր ինձ պետք, ապա թե ոչ վախենում էի, որ կհիվանդանամ, մանավանդ որ՝ ժամանակե ժամանակ մարմինս առանց մի պատճառի սկսում էր սարսռել, ասես թե տենդը վրաս էր հասնում: Առի Մարիի ձեռքը, քանի-քանի անգամ պինդ-պինդ ա̲ագի, նա էլ գրկեց ինձ, մեկ վիզս էր պագնում, մեկ գլուխս, մեկ աչքերս ու մեկ պռունգներս, ու անդադար բարեմաղթություններ էր տալիս ինձ, ինչպես որ մայրը յուր փոքրիկ որդուն ճանապարհ ձը̲ելիս: Մարին չափազանց բարեպաշտ աղջիկ էր: Սրտիս մեջ գոհ էի, որ եթե աստված մի օր մեր ամուսնությունը օրհնե, նա իմ զավակներին իսկական կրոնի և ոչ թե սնոտիապաշտության, կամ մոլեռանդության և կամ անկրոնության մեջ կսնուցանե: Գոհ սրտով տուն վերադարձա:

Զ

Ժամը վեցն էր երեկոյան։ Հովհաննեսը վաղուց վերադարձել էր ճեմարանեն։ Տեսնատան, Միքայել (Մեխակ) Ամատունին, Նիկոլայ Տրիֆանովը, Հարություն Ղուզանյանը, Գաբրիել Ա. և շատ ուրիշները ժողովված քեֆ էին արել իմ ուղարկած թանկագին պաշարեղեններով, որ իմ կարծիքով գոնե մի ամբողջ շաբաթ պիտի բավականանար մեզ, այն ինչ այժմ ապուխտի ոսկորը, երշիկների մաշկը, պանիրների կճեպը ու սարդինկաների թիթեղե ամաններն էին մնացել։ Հալա՛լ իրանց։ Լավ ախորժակով երիտասարդներ էինք ամենքս, մեղք է ասելը։

Հինգ հարյուր ոսկիի ու մյուս թանկագին իրեղենների պատմությունը նոքա վաղուց արդեն լսել էին դռնապանեն և տան ուրիշ բնակիչներեն, այնպես որ՝ ես նոցա ուրիշ ոչինչ նոր բան չի պատմեցի, բացի քաղաքապետից փող և ուրիշ փողի էլ խոստմունք ստանալես։ Ամենքը անկեղծորեն ուրախ էին, մանավանդ որ՝ ամենքն էլ վստահ էին, որ հավասար չափով պիտի բաժանեի նոցա մեջ, եթե ոչ մայր գումարը, գեթ փողով ձեռք բերված ամեն կերպ վայելչությունը: Երանի՜ այն ժամանակին, երբ ամենիս գրպանը ու քսակը հասարակաց էր: Տեսնատայի ուրախությանը ուրախություն չէր հասնիլ:

«Մատաղ, Մեխակ ջան,— ասաց նա,– կհավատա՞ս, էս Քրիստոսը վկա, որ իմ սիրտը քանի վախտ ա, մալում էր անըմ, որ դու նըպրեմեննա մեկ Փանոսի– պատին պետք ա կպնես, տեսա՞ր— կատարվավ: Ախր գիտե՛ս մատաղ, ինչե՞ր չի տվող աստված ա հայի աստվածը, դուրբան գնամ նրա զորքին, թե որ աստված տալու իլի դուռնից չէ որ՝ փանջարայից էլ կտա, հապա, մատաղ ջան: Ախր էս բանին դու ի՞նչ ես ասըմ, ես էլ էսօր ինձ համար գլուխս քաշ արած՝ գընմ էիմ. մին էլ բիրդան, հորտեղան-հորտեղ մի օմքին ծուռնի մուռնի գնըմ ա. վերեյից վարավուրդ եմ անըմ՝ փիս խփած ա: Մտքիս մեջ ասացիմ՝ «Հը՛, Ալեքսան, նե զեվայ»: Էնա, կնացիմ, աղբեր, անձեն ձեռքս ջիբը դիրամ, մի լավ բաղդադի աղլուխ դուս հանամ, փայամ ջիբս: Մարդը բանից բեխաբար մնաց: Հետովան, մեկել ջիբը բաց թողամ ձեռքս,– էնտեղից էլ դուս հանամ պոռտմոնեն. էն էլ դիրամ ջիբս: Հետովան, մատաղ ջան, գնացիմ հետը թոււտա սյուտա, քուշի-քուշի անելով բարեկամացամ, տարամ պոռտեռնոյ. լավ հանգի փիվեն ու արաղը դիրամ քթին,– ողորմելիի աչքերը չարդախ բարձրացան, էնա՝ ձեռքս տարամ ժիլետի ջիբը, սահաթը ու ցեպոչկեն աղավարի պլոկեցիմ:– Բաս դու ի՞նչ ես կարծըմ: Էս օրվա դատմըս քիչ-քիչ որ ասեմ՝ հիսուն կոլոլ կիլի: Էսպես ա, քո մատաղըդ գընամ, ածու բանը: Եփոր տալու իլի՝ կտա դուռից չէ որ, փանջարից էլ կտա:

Ամա որ իմանայիր, սաբահի տեղերիցս որ վեր կենամ՝ ինչպե՞ս տաք-տաք ասծու աղոթք եմ արել քի՝ տեր աստված, դու գիտես... ասված էլ աղոթքիս զորա մուրազս բացավ... Բա՛ս, մատաղ-ջան, էն կոլոշների բանը ինչպե՞ս կիլի, գրավից կհանե՞ս, թե՞ կմնա էնպես»:

— Նա քեզ երեք մանեթ, ասացի, ինչ որ պետք ա՝ տուր ջհուդին, խուրդան ու կալոշները քե՛զ առ:

Հետո բարեկամներիս մանրամասնաբար պատմեցի թե՛ երեկվա և թե՛ այսօրվա գլուխս եկած բոլոր անցքերը: Ո՛չ մինը չհավանեցավ իմ դիտավորությանը մի որբ և անծնոթ օտարուհիի հետ պսակվելու, ամենքը գուշակում է ինձ եթե ոչ անբախտություն, գեթ մեծամեծ անհաջողություններ և կյանքի ամեն վայելքներե զրկանք: Ամեն ավելի Տեսնատան էր տրտում ու անբավական, «բաս Սեռաֆիմե՞ն, բաս Կատկե՞ն, և այլն, ի՞նչ կիլի նրանց հալը»: Բայց ողորմելին չգիտեր, որ Մարիի բարեկամությունը իմ բարոյական մկրտությունն էր երիտասարդական ամեն խենեշութենես: Անցյալս ինձ արդեն երևում էր մի զարշելի երազ, որի հիշատակը ամեն կերպ աշխատում էի արմատախիլ անել մտքես: Մինչև այժմ չգիտեմ՝ լա՞վ արի, թե վատ, բայց բացի Հովհաննեսեն ոչ ոքի չխոստացա և ամենքի խնդիրը բացե ի բաց մերժեցի Մարիի հետ ծանոթացնելու, ինձ այնպես էր երևում, որ այս խառնափնթոր բարոյականությամբ երիտասարդների հայացքը անգամ պիտի արատեր Մարիի հրեշտակային հոգին:

Բարեկամներս չհասկացան իմ իսկական կարծիքը այս բանի մասին և առզրեցին իմ վախը կամ զգուշությունը՝ հաջողկոտության: Ես շատ ուրախացա, որ այդպիսով վերջացավ նոցա կարծիքը իմ մասին:

* * *

Նույն երեկոյին քաղաքապետեն հրավեր ստացա մյուս օր առավոտյան ժամը 9-ին նորա գրասենյակը ներկայանալու: Այն գիշեր ես և Հովհաննեսը գրեթե քուն չեղանք: Հովհաննեսն էլ այդ միջոցին սիրահարվել էր մի գաղղիացի աղջկա վրա, որի անունը նմանապես Մարի էր, որի ծնողքը, մի չնչին պատճառով, չէին հոժարում այդ երկու սիրահարներին իրար հետ միանալու, և այդ չնչին պատճառն էր՝ թե՛ Մարիի և թե՛ Հովհաննեսի փող չունենալը:

Այդ գիշեր ես խոստացա Հովհաննեսին՝ թե՛ մոտս գտնված և թե՛ ստանալու փողերս, որքան որ պետք է, մասն հանել, որ նորա պսակի բանը դյուրացնեմ և ապագա ապրուստը ապահովացնեմ: Եվ շատ ուրիշ կյանքի ծրագրություններ արինք և օդային ամրոցներ շինեցինք այդ բոլորովին ուրախ գիշերը: Աքաղաղները արդեն երրորդ անգամ խոսել էին, որ մեր աչքերի կոպքերն էլ սկսան ծանրանալ և մենք կամաց-կամաց նախ նիրհեցանք և ապա անուշ ու խոր քնեցանք ու ոսկի երազները սկսան թռչտել մեր գլուխներու վրայով:

Առավոտվա 8-ը ժամն էր, որ Հովհաննեսը տեղերից

վեր թռավ, սկսավ պինդ-պինդ ինձ զարթեցնել, ասելով «Միքայե՛լ, Միքայե՛լ, վե՛ր կաց, վե՛ր կաց, նայե չմոռանաս քաղաքապետը քեզ սպասում է»:

Հապճեպով տեղես ելա. խշխշալի ինքնաեռը ներս բերին, հոտոտ սուրճը, պինդ սերը, շաքարոտ պաքսիմատը, որ վաղուց մեր ճգնարանը (կամ բանտը) մտած չէր, նորից հազար ու մեկ նյութ տվին մեզ մեր այսուհետև վարելու ապագա փափուկ և երջանիկ կյանքին: Սուրճը ավարտելից հետո, ես գնացի քաղաքապետի մոտ, իսկ Հովհաննեսը գնաց ճեմարան:

Քաղաքապետը ինձ հայտնեց, որ իմ գտած առարկաների համար ինձ նշանակած է 25.000 մանեթ (մասնագետները այդպես էին գնահատել), և այդ գումարը ես կարող եմ, երբ և կամենամ, ստանալ տերության գանձարանեն. իսկ առարկաները, ինչպես հազվագյուտ իրեղենք, պիտի պահվին թանգարանների մեջ: Թղթերից երևել է, որ գրասեղանի տերը բոլոր կյանքը ամուրի է մնացել և յուր կենդանության ժամանակ ևս ազգականներ ունեցած չէ. ինչպես որ ասում են՝ չոր գլուխ մարդ է եղել, նորա պարապմունքը վաշխառություն է եղել և այլն: Ուրեմն այդ բոլոր հարստությունը, ըստ ամենայն իրավանց և արդարության, իմ լիակատար սեփականությունն էր:

Քանի որ քաղաքապետը այս մանրամասնությունը պատմում էր ինձ, ատենադպիրը բերեց մի պաշտոնական թուղթ, որի տակ քաղաքապետը ստորագրեց յուր անունը և ինձ տվավ, ասելով. «Այս թուղթը կտանեք տերության գանձարան և կստանաք ձեզ պատկանած քանիհինգ հազարը (իհարկե, առանց այն հազար հինգհարյուր մանեթին, որն երեկվա օրը ստացել էիք ինձանից):

Առի թուղթն ու իսկույն գնացի գանձարան, ստացա բոլոր փողը և տարի պահ տվի լումայատուն և ստացա անդորրագիր:

Այս ամենը քանի մի ժամու բան էր: Ճաշելու համար դեռևս շատ կանուխ էր: Գնացի, ման եկա խանութները, գնեցի զանազան կերպասներ, կտավներ և այլ կանանց հարկավոր բաներ, ինչպես գլխարկ, թիկնոց, մուշտակ և այլն: Մախեցի մոտ 1000 մանեթ, և ահագին կապոցներով շտապեցի Մարիի տուն: Ճանապարհին չի մոռացա մի դերձակուհի հանդիպել, որին հայտնելով Մարիի հասցեն, պատվիրեցի անհապաղ գալ այնտեղ: Ներս որ մտա, Մարին երեկվանե ավելի գունատ էր:

«Բարով, Մարի, ասացի, ինչպե՞ս է առողջությունդ» ինչո՞ւ այդպես գունատ ես. մի՞թե անհանգիստ անցուցիր գիշերս»:

Պատասխանելու տեղ Մարին փաթաթվեցավ վզիս ու ձիգ ժամանակ համբուրում էր գլուխս, աչքս, ճակատս, ու հետո սկսավ աղիողորմ լալ:

— Մարի՛, Մարի՛, ի՞նչ եղավ քեզ, ի՞նչ,— հարցուցի:

Մարին ոչինչ պատասխան չի տվեց: Ներդական

շարժմունքով պինդ բռնեց ձեռքս, նստեցուց աթոռի վրա ու ինքն էլ նստավ գրկումս: Արյունը խփեց գլխիս:

— Ի՞նչ է այդ արածդ,— ասացի. Մարի՛, Մարի՛, խելքդ վրա՞դ է:

«Ապա ինչո՞ւ ինձ չես փախցնում, չես գողանում... ես քեզ ասացի և էլի կասեմ՝ բռնի խլած, հափշտակած՝ ես քունկդ եմ, իսկ իմ կամքին թողած՝ երկբայելի է, որ երբևիցե քեզ պատկանիմ: Խելք չունիս դու, Միքայել, հասկացի՛ր ինձ. դորանից ավել ես քեզ ոչինչ ասել չեմ կարող, առանց նորան էլ ես քեզ ավելի ասացի, քան կարելի էր. իմ քեզ հետ խոսելս, քեզ հետ բարեկամանալս՝ արդեն մեծ ուխտադրժություն էր իմ կողմանե. իսկ այս սերը, որ ծագեցավ մեր մեջ, արդեն ինձ հավաստա՛րեցնում է ամենա... Միքայե՛լ, Միքայե՛լ, դու ինձ չես սիրում...»:

— Մարի... մի՞թե երկբայում ես իմ սիրուն... ինչո՞վ ապացուցանեմ քեզ, որ սիրում եմ:

«Կատարե խնդիրս»:

— Ասա տեսնեմ՝ ի՞նչ է քու խնդիրդ, ինչո՞ւ թաքցնում ես ինձանից:

«Ինձ գողացիր, ինձ հափշտակե, ինձ փախցուր. թքե վրաս, մրե ինձ, որ մի ուրիշը տեսնե այդպես կեղտոտված՝ ինձ արհամարհե, որ ես քեզ մնամ»:

— Մարի՛, ես քեզ շատ եմ սիրում, որ կարող լինիմ այդպիսի ցածություն կատարել... ես չեմ ուզում, որ աստուծո սեղանի առջև կանգնած ժամանակդ ամաչես ու կարմրիս. և չեմ ուզում որ՝ երբ և իցե խիղճդ տանջե քեզ. ես չեմ ուզում, վերջապես, որ քու ամուսինը քու առջև չարագործ լինի։

«Չէ՛, Միքայել, եթե դու ինձ սիրեիր, ինձ տիրելու համար չարագործություն նս հանձն կառնեիր, թեև իմ առաջարկության մեջ ոչ չարագործություն կա և ոչ ամոթալի գործ, դու միայն հրաժարվում ես իմ մեղքի կեսը վրադ առնելու, մեր նախահայր Ադամը, ինչպես երևում է, ավելի էր սիրում Եվային, քան թե դու ինձ...»։

— Մարի՛, մի՞թե տասը, իննի, յոթը, վերջապես երեք օր ուժ չունիս...

«Ա՜խ,— ասաց Մարին.— սորանից ավելի սրտաբացություն դու ինձանից մի՛ սպասիլ... Աստված տա, որ իմ «հոգեառը» ճամփին ուշանա մինչև մեր պսակի կատարվիլը. աստված տա, որ իմ չարագուշակ նախազգացմունքը չկատարվին. այն ժամանակ ես բոլորովին բավական կմնամ և ուրախ կլինիմ, որ ոչ դու իմ խոսքին, այլ ես քուկին հետևեցա. ի՞նչ ասել կուզե, որ խաղաղ, ուրախ, սուրբ պսակը մեծ առհավատչյա է երջանիկ և անդորր ամուսնական կյանքի համար... բայց եթե, աստված հեռի անե...»։

Ասաց ու սաստիկ հոգետանջ մտածմունքի մեջ ընկղմեցավ խեղճ աղջիկը։

— Մարի՛,— ասացի, երկար ժամանակ սպասելեն հետ, ես արդեն սկսում եմ կասկածել, որ քու կյանքի մեջ մի սոսկալի բան կա, որն դու ուշի ուշով թաքցնում ես ինձանից… ի՞նչ է այդ գաղտնիքը, ասա ինձ, ես քու ոտքի հողը լինիմ:

«Անհնարին է այդ, սի՛րական Միքայել, եթե ասեմ, իմացիր որ, ինքս պիտի հրաժարեմ քեզ իմ ներկայաթենեն. բայց քեզանից հեռանալու, առանց քեզ ապրելու արդեն ուժ չի կա մեջս: Միքայե՛լ, հավատա ինձ, ես պարկեշտ, ամոթխած ու կույս եմ, բայց… միայն հանցանքը կարող է ինձ քեզ հետ միավորել: Միքայե՛լ ջան, մի՞թե ես մեղավոր եմ, որ քեզ սիրեցի, մի՞թե շատ տարի առաջ ես գիտեի, որ դու կաս աշխարհիս երեսին, մի՞թե իմ ծնողքը գիտեին, ո՛ր նոցա դուստրը այնպես հզոր սերով պիտի սիրե մի անծանոթ, օտարազգի երիտասարդի, որպիսի սիրով, զուցե աշխարիքիս ստեղծմանեն ի վեր ոչ մի աղջիկ սիրած չէ: Լսե ու հասկացիր, Միքայել, ես թեզ սիրում եմ, ես քեզ պես ասպետ բնավորությունով երիտասարդ դեռևս տեսած չեմ, եթե տեսած լինեի, ինչ ասել կուզե, որ ես այստեղ չէի լինիլ այս րոպեիս— կարծեմ որ՝ այս խոսքերս շողոքորթություն չես համարում– ես քեզ հավանեցա, սիրեցի և ուզում եմ առմիշտ քուկդ լինել, բայց… հոժար կամքովս ես քեզ ընտրել չեմ կարող, դու պետք է իմ հոժարությունս ոտնակոխ անես, իմ ազատ կամքը պիտի բռնաբարես, ես ամոթես կարմրում եմ, բայց ի՞նչ անեմ, հարկավ պետք է հետդ սրտաբաց լինիմ, խոսքս էլի կրկնում եմ, ինձ պիտի մրոտես, ցեխոտես, որ մարդիկ արհամարհեն ինձ, որ այդ հնարով ես քու կինդ դառնամ, ապա թե ոչ… ես քեզ ավել ոչինչ չեմ ասիլ, ու մեկնություն դու ինձմեն մի՛ սպասիլ: Իսկ եթե երբևիցե գաղտնիքը իմացար, այն ժամանակ իմ մահվան բոթն ևս կլսես»:

— Թե՞ դու նշանած ես,— ասացի, ասես թե այդ րոպեին մի մարգարեական ոգի իջավ իմ վրա:

«Ինչ որ քեզ ասացի՝ այնքանը բավական է. ավել ոչինչ չես իմանալ ինձանից, մանավանդ որ՝ ես կխնդրեի քեզ, որ իմ անցյալի մասին հարցուփորձ շատ չանեիր ինձ... մահագուշակ մտքերը պաշարել են ինձ... ա՜խ, ինչպես ես տարաբախտ եմ...»:

Աչքս դարձուցի Մարիին, և ինչ տեսնեմ, ճակատի վրան, ասես թե, մահու դատակնիքը խորունկ ու պարզ դրոշմած էր: Բժիշկները ու քահանաները շատ լավ գիտեն կարդալ մարդուս երեսին այդ գաղտնիքը, և հազիվ թե տասնեն մի անգամ կվրիպին: Օրհասական մարդու աչքերի ցոլքը ու երեսի տիպարքը, ճանաչողի համար, հայտնի նշաններ ունին. ահա այդպիսի նշաններ նշմարեցի Մարիի երեսին:

— Թող, Մարի՛, դատարկ բան է ասածդ,— ասացի,– եկ մեր խոսակցության նյութը փոխենք... ճաշը եփե՞լ ես, թե չէ: Հազվե, երթանք Դյուսոյին, մի լավ ճաշ ուտենք: Ես էլ, ի դեպ ասեմ, բավական լավ ախորժակ ունիմ: Հա՛, մոռացա քեզ ցույց տալու, նայե՛, կհավանի՞ս իմ ճաշակին և ընտրողությանը:

Ասացի և առջևը դրի գնած առարկաներս: Մարիի երեսի ոչ մի գիծը չի փոխվեցավ, ուրախության ոչ մի նշան չի նշմարեցի վրան, միայն ի նշան շնորհակալության ձեռքս սեղմեց ու ծանր հոգվոց հանեց, իբր թե՝ ասել կուզեր՝ «շատ լավ է, բայց ո՞վ պիտի վայելե»: Առինք կառք և ուղիղ գնացինք Դյուսոյի հյուրանոցը: Վաղուց լսել էի քանիհինգ մանեթանոց ճաշերի անունը, բայց դեռևս կերած չէի. ուզեցի գոնե մի անգամ փորձել: Ներս որ մտանք, ծառան բերեց կերակուրների ցուցակն ու ես նորա մեջեն ընտրելով հորինեցի ճաշը, որն եթե ասեմ, թե ի՞նչ կերակուրներից էր բաղկացած, անշուշտ զաստրոնոմը պիտի ծիծաղե վրաս: Բոլոր պահանջած կերակուրներիս անունները միտքս չէ, հիշում եմ միայն հետևյալները՝ կրիայի թան, պաղ թառափ (осетр), փասյան խորոված, աքլարե սոուս, անանաս, և շատ ուրիշ այսպիսի հազվագյուտ (իհարկե մայրաքաղաքի համար) բաներ, վրայից էլ շամպայն:

Ճաշի ժամանակ ես խոստացա Մարիին, որ երեք օրեն կլինի մեր պսակը, ավելի շուտ ամենևին չէր կարելի, նախ որ՝ այդ միջոցին ես պետք է խնդիր տայի և դուրս գայի համալսարանեն և գրվեի ազատ ունկնդիր, երկրորդ՝ պիտի պատրաստեի թե՛ ինձ և թե՛ Մարիի համար հարսանիքի հալավներ, երրորդ՝ պիտի վարձեի բնակարան, զարդարեի հարկավոր կահկարասիքով, գնեի տան զանազան պիտույք. միով բանիվ՝ Մարին համոզվեցավ, որ հետաձգելս ո՛չ համառութենես էր և ո՛չ էլ քմահաճութենես. մանավանդ իմ համալսարանեն դուրս գալը ավելի համոզեց նորան. եթե ինչպես ուսանող պսակվեի՝ այն ժամանակ ես կարող էի օրինազանց երևել և անվանարկ մնալ բոլոր կյանքս,— այդ բանին ամենևին հոժար չէր նա:

«Ա՜խ, Միքայել, ինչո՞ւ այդպես ուշ, շատ կարելի է, որ այդ միջոցին...» ասելու խոսքը չավարտեց:

— Ի՞նչ կարող է պատահել այդ երեք օրվա մեջ, հարցուցի ես:

«Ոչինչ, ես այնպես ասացի»: Ասաց ու նորից յուր տխուր մտածմունքի մեջ խորասուզվեցավ. ու ժամանակից ժամանակ ինքն իրան մրմնջում էր՝ «Կարելի է... գուցե աստված տա... արգելք... Ախ, տեր աստված, շնորհակալ եմ քեզանից, որ դու ինձ բախտ տվիր և մեծ բախտ տվիր. բայց ինչո՞ւ ինձ երևում է, որ ես այդ բախտին հասնելու չեմ»:

— Մարի, ասացի,— գիտե՞ս ինչ. ես այս րոպեիս կերթամ ու կգնեմ երկու հատ մատանի, մինը՝ քեզ և մյուսը ինձ համար, կուզե՞ս մատենափոխության ծեսը այսօրնեթ կատարենք, որ դու միամտվիս (ես կարծում էի, թե նորա անհանգստության պատճառը սրտի վախեն էր, որ չլինի թե ես փոշմանեմ խոսքս փոխեմ ու չի պսակվիմ վրան): Ես շատ լավ գիտեմ, որ՝ այդ մի դատարկ ծես է, առանց նորա էլ աստված կօրհնե մեր պսակը, բայց ի՞նչ կարիք անենք արհամարհելու այդ թեկուզ դատարկ ծեսը, որն ամեն ազգ անի և ուրախությամբ կատարում է:

Այս որ լսավ Մարին, նա առավել գունատվեցավ, նորա հեզ աչքերեն, ասես, կայծակներ թափեցան ա մի անմեկնելի վշտալի ձայնով ասաց.– Չէ՛, չէ՛, այդ բոլորովին անհնար է. ես ուխտադրուժ լինել չեմ կարող...

— Ո՞ր ուխտադրժությունն է քու ասածը, ի՞նչ ես ասում,— ասացի վրդովված հոգով ու կասկածս սկսավ ստուգվելու:

«Այդ մեր պսակեն հետո կիմանաս... Ա՜խ, ինչո՞ւ օրերը չեն անցնում բոպեի արագությամբ... կհասնի՞մ արդյոք այդ երջանիկ օրվան»:

Ու հետո, խոսքը ու ձայնը անակնկալ կերպով փոխելով՝ ասաց.

— Միքայել ջան, գիտե՞ս ինչ, ես սաստիկ զգայուն սիրտ ունիմ, ճանճի սատկելուն անգամ չեմ կարող անտարբեր նայել, բայց այս բոպեիս շատ ու շատ կցանկանայի մի մարդու մահը:

— Այդ ի՞նչ տարօրինակ ցանկություն է,— ասացի:— Չե՞մ կարող արդյոք իմանալ այդ մարդու անունը, ո՞վ է նա:

«Մեր պսակեն հետ կիմանաս»,— կարճ կտրեց Մարին:

— Ինչո՞ւ այժմ չէ,— ասացի ես:

«Ենդուր համար որ մեռնել չուզեմ, էլի եմ կրկնում՝ իմ այս գաղտնիքը հենց որ իմացար, իհարկե մեր պսակեն առաջ, ես կմեռնեմ: Հա՛, քեզ մոռացա ասելու, նայե՛, գոնե այս խնդիրս կատարե. երբ որ մենք կպսակվինք, դու, եթե պետք լինի, պարտավոր ես ասելու որ, ինձ բռնի տարիր ժամ ու պսակվեցար հետս, կամ՝ բանտով սպառնացար, իբր թե պարտքիս համար և կամ սոցա նման մի բան պիտի հնարես: Հա՞, կանե՞ս, սիրականս»: Ասաց ու այնպես քնքշությամբ փաթաթվեցավ ճտիս, որ ոչ թե այսպիսի անմեղ ստություն, այլ ինձ երևում էր որ՝ Բառոն Ֆոն-Մյունխաահուզենի բոլոր պատմությունների տակ կստորագրեի անունս, իբր թե այդ ամեն ստապատիր արկածքը իմ գլխովս լինեին անցած:

Պանդոկեն որ տան գնացինք, ժամը արդեն երեկոյան 8-ին մոտ էր: Փոքր ինչ ժամանակեն ցոլան ինքնաեռը ներս եկավ (Մարիին արդեն պատվում էին ինչպես հարուստ մարդու հարս և նորա ամենաչնչին հաճույքը ստրկաբար կատարում էին): Նստանք թեյ խմելու, երկարորեն խոսեցանք հարսանիքի հալավների մասին, հետո՝ մեր ապագա ապրուստին, հետո... երեխաներիս դաստիարակության և, վերջապես, զավակներին պսակեցինք ու մենք ինքներս պապ ու նանի դարձանք:

Մնաս բարևի ժամանակ Մարին կես ծիծաղ, կես ծանր դեմքով ասաց. «Գիտե՞ս, Միքայել, ես ինչ նկատել եմ. այստեղ Ռուսաստանումը ժամանակը ավելի հւամր է անցնում, քան թե մեր Զվիցերիայումը»:

— Եթե Զվիցերիայումը լիներ մեր պսակը, կարծեմ, այնտեղ էլ նա կհամրացներ՝ յուր քայլափոխերը, ասացի ես:

Խեղճ Մարի, նա կարծում էր թե՝ միայն ինքն էր ուզում շուտ միավորվել իմ հետ. իսկ իմ հալեն խաբար չէր նա, թե ամեն մի րոպեն ինչե՞ր կարժեին ինձ համար:

Է

Տուն որ գնացի, մեր Հովհաննեսը ուրախ-ուրախ ման էր գալիս սենյակի մի խորշից դեպի մյուսն ու ամեն անգամ, խորշին, հասնելիս, անպատճառ թքում էր։

«Հը՞, Վանյուշ, ի՞նչ ես անում»,— ասացի։

— Ի՞նչ անեմ, ման եմ գալիս ինձ համար։ Դո՞ւ ինչ ես անում, դեռ չի կշտացար Մարիիդ պղատոնական սիրովը։ Այսօր ամբողջ օրը որտե՞ղ անցկացրիր։

«Նախ ես գնացի քաղաքապետին»...

— Հա, հա մոռացա հարցնելու՝ քաղաքապետին գնացի՞ր, ի՞նչ պատասխան ստացար։

«Ես էլ քեզ էն էի ուզում ասել, դու խոսքս կտրեցիր»...

— Դե, ասա, մյուս անգամ խոսքդ չեմ կտրիլ։

«Չեմ կտրիլ ասում ես, էլի կտրում ես»։

— Հիմի սուս եմ, ինչո՞ւ չես պատմում։

«Դե լսե. գնացի քաղաքապետին. նա իմ գտած առարկաները գնահատել էր 25.000 մանեթի»...

— Պա. քու տղիս-տղա, էդ խո դու մեկ օրվա մեջ Ռոթշիլդ եղար պրծար... Միքայել, դորդ ե՞ս ասում, թե՞ հանաք ես անում:

«Օրհնած, ես հիմի հանաքի ժամանա՞կ ունիմ... Քաղաքապետի հրամանով գանձարանեն ինձ այլևս 23 հազար 5 հարյուր ռուբլի տվին, որն տարի մի ապահով տեղ պահեցի, հետո գնացի Մարիիս համար հալավցու ճոթեր գնեցի. հետո նորա հետ գնացի Դյուսոյի հյուրանոցը ու լավ բաբաթի ճաշեցինք ու ավել լավ բաբաթի սիրտերս վերածեցինք, հետո՝ տուն եկանք ու միասին թեյ խմեցինք, հետո՝ պաչպչեցանք...»:

— Պաչպչեցա՞ք... ես քեզանից ավել բաներ արի այսօր:

— Ապա տեսնենք:

«Նախ՝ գնացի ճեմարան, առաջին անգամ կուշտ նստա աշխատելու, Բելվեդերի Ապոլլոնի պատկերը ավարտեցի, եթե չեմ սխալվում, բավական լավ, և եթե աստված պրոֆեսորիս սիրտը գութ և արդարություն ձգե՝ այս անգամին անպատճառ արծաթե մեդալը պետի ստանամ: Այս մեկ: Երկրորդ՝ գնացի Մարիի ծնողների տան, հայրը չիկար, մենակ մայրն էր տանը, ասացի, որ Հնդկաստանի բիձաս մեռել է՝ թաշկինակս ցամաք աչքերիս տարի ու չեղած արտասուքները սրբեցի, որպեսզի ցույց տամ թե շատ քնքուշ սրտով երիտասարդ եմ, և ինձ բավական հարուստ ժառանգություն է թողել, որը հիման վրա խնդրեցի, որ Մարիին առանց այլևայլության ինձ կնության տան, բայց փուչ քավթառը, որ ինքն էլ տակավին համով կտորների ախորժակը կորցրած չէ. և մանավանդ որ, կարծելով թե՝ առջևը դեռևս բավական ժամանակ կա ապաշխարելու ու մեղքերը քավելու, հասկանո՞ւմ ես խո. մա՛խլաս, կտրողաբար հայտնեց ինձ, որ մինչև Մարին քսաներկու տարեկան չլինի՝ մարդու գնալու չէ, իսկ այժմ նա միայն տասնվեց տարեկան է. կնշանակե Հովհաննես աստուծո ծառան, այդ քավթառի հաճույքի համար, ուղիղ վեց տարի ծոմ պիտի պահե, որ ինչպես տեսնում ես, խելքի մոտ բան չէ: Ես բանը այսպես որոշեցի. կամացուկ Մարիին աչքով արի թե՝ բան ունիմ քեզ հայտնելու. հնար գտա ու ականջին փսփսացի թե՝ ես կերթամ «Վարդ» հյուրանոցը, դու էլ փախիր արի: Հետո մորը մնա բարև ասացի, առի գդակս ու դուրս եկա: Դուրս եկա՝ ուղի գնացի «Վարդ» հյուրանոցը, վարձեցի մի սենյակ, խոհարարին երկու հոգու համար պատվական ճաշ ապսպրեցի, հետն էլ բավական գինի, քանի մի ժամանակից Մարին էլ եկավ: Մարին որ ներս մտավ, աղբեր ջան, առի գրկիս մեջ, ոչ թե քեզ նման չոր ու ցամաք, այլ լավ հանգի պաչեցի-պաչպչեցի, սրտիս սեղմեցի, այնպես որ աղջկա արյունը երակների մեջ եռ բերի, հետո նստանք ճաշի... Երկու երեք ամսեն, հավատացնում եմ որ՝ Մարիի ծնողք իքները կուզան, կաղաչեն կպաղատեն, որ ես պսակվիմ նոցա աղջկա հետ... բայց, խնդրեմ, ինչ որ բարեկամաբար ասացի քեզ, թող մեր մեջ մնա, մարդու բան մի՛ ասիլ:

— Քեզ խոսք եմ տալիս, որ մարդու բան չեմ ասիլ, բայց մի օր կգրեմ,— ասացի:

— Գրե՛, ինչ եմ հոգում, բայց ի՞նչ լեզվով պիտի գրես, հարցուց նա:

— Իհարկե հայերեն— պատասխանեցի:

— Եթե հայերեն պիտի գրես, վախ չիկա. ուզում էի իմանալ՝ ո՞վ է քու հայերենի կարդացողը:

— Ալուր ըլի, թե չէ՝ մկներ կգտնվին,— պատասխանեցի առածով:

— Իսկ դու ինչո՞վ վերջացուցիր քու «սիրո արկածքը»:

— Ես երեք օրեն պիտի պսակվիմ, և հուսամ որ՝ դու իմ խաչեղբայրը կլինիս:

— Ինչու չէ, լավ, եթե միայն պսակվելու լինիս, բայց «կուտիս ծվում է», դու ոչ այդպես վաղ պիտի պսակվիս և ոչ այդ աղջկա վրա:

— Կտեսնենք:

— Կտեսնես:

Փոքր մի սպասելիք հետ Հովհաննեսը նորից սկսավ.

— Արի՛, Միքայել, դա էլ իմ օրինակին հետևե. ի սկզբանե ես քեզ պես կարծում էի թե՝ առանց տերտերի օրհնելուն մեր սերը սիրո չի նմանիլ, և այդ պատճառով շատ աշխատեցա, որ Մարին իմ օրինավոր կինը դառնա, բայց երբ տեսա, որ նպատակիս չի հասցնելու համար մարդիկ առջևս քար ու պատեր են դնում, ես առանց արտաքին ծեսերի էլ «յոլա գնացի» և տեսնում եմ, որ դորանով սերս դեպի Մարին ոչ փոխվեցավ և ոչ սառեցավ:

— Բայց հարգա՞նքը դեպի նա, որ ամուսնական կյանքի ամենակարևոր պայմանն է,— ասացի ես:

— Է՛հ, դու էլ, զարմանալի մարդ ես եղած, ամեն կատարելություն միասին ե՞րբ են գտնվել, որ այժմ գտնվին:

«Վա՜յ այն սերին, որի կեսը հարգանք չլինի, ասացի ես. մարգարիտը անգին բան է, բայց հենց որ կոտրեցիր՝ գինը գռոշ է: Ախտավոր կնկան հավանել կարելի է, խոսք չունեմ, դեպի նա կիրք ու տռփանք ևս կարելի է ունենալ, այդ էլ աներկբայելի է, բայց սիրել՝ «ոչ երբեք»»:

— Դու ինչ կուզես ասա. բայց ինձ այնպես է թվում, որ ես ավելի սեր ցույց տվի իմ Մարիին, քան թե դու՝ քուկիդ: Իմ կարծիքով սիրել՝ նշանակում է աշխատել տիրելու, ես Մարիիս արդեն տիրեցի, այսուհետև ոչ ոք նրան ձեռքես չի խլիլ, նշանակում է, որ ես նրան սիրում եմ:

— Հովհաննես, գիտե՞ս ինչ,– ասացի, Chaque baron a son gout (Ճաշակին ընկեր չկա)

Եվ սորանով մեր վեճը վերջացավ։

Կենցաղագիտական կողմից կարելի է, որ Հովհաննեսը իրավացի էր. մանավանդ որ ինքը Մարին եւ դորա նման մի բան ակնարկում էր ինձ իհարկե, կույր-զկուրյան հետեւելով նորա կամքին ու պահանջմունքին, ես առավել երջանիկ կլինեի, բայց ի՞նչ անեի, երբ մեջս ուժ չի կար ծնողացս ներշնչած սկզբունքները հանկարծ ու այդպես կոշտ կերպով քանդելու։ Ես մինչեւ այժմ չգիտեմ լա՞վ էր արածս, թե վատ։ Ես գուցե ընդունակ էի... Սոկրատես, Շիլլեր, Գյոթե, մինչեւ անգամ Շեքսպիր լինելու, բայց, բայց Ռիշելիյո՝ ոչ երբեք։

Ը

Մյուս առավոտ որ գնացի Մարիի բնակարանը, զաղղիացի դերձակուհին նորա մոտ էր ու պսակի հալավն էր վրան չափում: Մինչև այն օրը Մարիին միշտ միևնույն անպաճույճ հալավով էի տեսել, բայց այս անգամ, որ պերճ, քղանցքավոր թանկագին սպիտակ կերպասե հագուստով տեսա՝ հիացած մնացի, ոչ թե կենդանի կին, այլ երևելի նկարիչների պատկերների վրա անգամ տեսած չէի այսպիսի զմայլեցուցիչ գեղեցկություն, բաց շագանակագույն ու թավ մազերը ճոխ-ճոխ փունջերով ցրված էին ուսերի, մեջքի ու լանջերի վրա. իրանքը այնպես քնքուշ, փափուկ ու շնորհաշուք էր, ասես թե կաշիի ետև ոչ ոսկոր կար և ոչ միս, այլ լցրած էր այն հյուսիսաբաղին (rara) փետրով: Օր ու կես էր մնում պսակիս. Հովհաննեսի ասածի պես, Հովբ երանելիի համբերությունն էր պետք, որ մարդ խելքը չի թռցներ գլխեն, այսպիսի գեղեցիկ արարած առջևը տեսնելիս: Քանի-քանի անգամ թերահավատել էի, միտք անելով թե՝ մի գուցե Հովհաննեսը ավելի իրավացի էր յուր ռեալական հայացքով իրերի վրա, քան թե ես իմ պլյուրիզմով:

Մարին եկավ գրկվեցավ, գլուխը դրավ կուրծքի՞ս ու ասաց՝ «Միքայե՛լ, ասա ինձ ճշմարիտը, իրա՞վ ես այնպես սիրուն եմ, ինչպես որ ասում է ինձ հայլին»:

— Այո՛, ասացի, մի բան էլ ավելի: Հայլիի մեջ ցոլացածը ո՛չ հոգի ունի, ո՛չ մարմին, իսկ դու երկուսն էլ ունիս, հետը միասին Սոկրատեսի խելքն էլ:

«Միքայել, եթե աստված տա, քանի մի ժամանակեն քու կինը լինիմ, հավատացնում եմ, որ շատ կբախտավորացնեմ քեզ. ամեն հնարս գործ կդնեմ, որ դու ուրիշի ամուսնական կյանքին չնախանձիս: Օ՜. դուր գալու ինչ ու ինչ գաղտնիքներ ես գիտեմ»:

Կանգնած տեղերս նա շարունակում էր փիլիսոփայություն անել: «Եթե կինը խելոք է, նա բոլոր հույսը չի պիտի դնե յուր մարդու տված խոստմունքի ու հավատարմության երդման վրա. այդ շատ թույլ առհավատչյա և ապահովություն է ընտանեկան անդորրության ու բախտի համար, կինը ամեն րոպե դուրեկան, հավանելի պիտի լինի յուր մարդուն և, եթե կարելի է այսպես ասել, մինչև վերջը պիտի մրցե յուր շուրջը գտնված ծանոթ կանանց հետ ոչ միայն բարոյականության, այլև ամեն մանր մունր կանացի հրապույրքների կողմանե, որով նա դեպի իրեն ձգում է ամուսնու սիրտը և անտեսանելի շղթաներով ամուր կապում է յուրինի հետ: Եթե ինձ հարցնես, տղամարդոց անհավատարմության մեջ մեծավ մասամբ կնանիքն են մեղավոր՝ իհարկե խոսքս անառակների վրա չէ, այլ փոքր ի շատե օրինավորներին, սիրուն լինելը մեզանից կախյալ չէ.

բայց դուրեկան լինելը ամեն կնկա պարտքն է ու նոցա առանձին արժանավորություններից մինն է: Կանանց անհավատարմության համար ես խոսել անգամ չուզեմ, առնացի կինը ոչինչ արդարության չունի յար անհավատարմության համար, ո՛չ մարդու սառնությունը, ո՛չ չքավորությունը և ոչ նորա ընկերների գեղեցկությունը... ընկած կինը կարող է առաջարկել. զղջումն, ապաշխարանք, արտասուք, ափսոսանք, բայց չքմեղության, արդարություն՝ ո՛չ երբեք, ինչպես և ո՛չ մի զող կամ մարդասպան կարող է յուր հանցանքը ու ոճիրը արդարացնել աղքատությամբ: Ժորժ Սանը թեև ինքը կին էր, բայց շատ վատ իմաստասիրել էր օրինավոր կնանիքի բարոյական սկզբունքները, նա թույլ փաստաբան էր թեթևաբարո կանանց: Ժորժ Սանին կարդալը և՛ կարելի է, և՛ պետք է, բայց նորանից խելք ու խրատ սպասելը հիմարություն է»:

Թեև շատ բանի մեջ համաձայն չէի Մարիի հետ, այնուամենայնիվ շատ ուրախ էի, որ նա այսպիսի ծանր հարցի մեջ, ինչպես որ ամուսնական հարաբերության հարցն է, յուր սեփական, գրքե չի քաղած կարծիքն ունի, ես ինքս ինձի մխիթարում էի, որ ժամանակով կարող կլինենք միասին ավելի խոր և հիմնավորապես զննել կանանց հարցը:

— Շատ լավ ես դատում,— ասացի Մարիին,— բայց որովհետև ես դեռևս շատ գործ ունիմ կատարելու այս օրուկեսվա մեջ, այդ պատճառով ամուսնական կյանքի խորհրդածությունը թողնում եմ ավելի ազատ և բարեհաջող միջոցի: Դե , ցտեսություն: Ես այժմ պիտի երթամ համալսարան՝ վկայականներս հետ ստանալու, հետո պիտի երթամ բնակարան վարձելու. հետո ինձ համար աշխարհական հալավ ապսպրեմ. հետո տան համար ամենակարևոր կարասիք ու խոհանոցի համար «աման-չաման» գնեմ, վերջապես՝ հայ քահանայի հետ ևս պետք է ինչ ասես խոսիմ մեր պսակի համար և այլն, և այլն, մեկ խոսքով՝ անելու բան շատ ունիմ։ Հուսամ, որ այս վերջին անգամն է քեզ մնաս բարև ասելս, մի անգամ էլ որ տեսնվինք՝ այնուհետև հավիտյան չենք բաժանվիլ իրարե։ Ասացի ու, ասես թե սրտիս մեջեն մի բան կտրվեցավ ցած ընկավ, մի անմեկնելի վիշտ պատեց սիրտս։ Գնա ու այսուհետև մի՛ հավատար հոգվո վկայության։ Չէ՛, ո՛վ ինչ կուզե թող ասե, բայց մարդուս շուրջը մի բան կա, որն մենք մեր հինգ զգայարանքով բռնել չենք կարողանում, բայց նա կա ու կա, թեկուզ քարը տրաքի։

«Ցտեսություն, իմ աննման Միքայել»,— ասաց Մարին, ու այնպես պինդ փաթաթվեցավ վզիս, որ ասես թե, է՛լ անհնար էր միմյանցե պոկ գալ. արտասուքը նորից գոհարի պես ցոլացին աչքերին, բայց այս անգամն ուրախության արտասուք չէին նոքա. երեսի մեջ դարձյալ նույն մահու դատակնիքը կարդացի։

— Մարի, ի՞նչ եղավ քեզ, ինչո՞ւ այդպես տխուր ես,— հարցուցի։

«Ոչինչ, սիրական Միքայել,— պատասխանեց նա. հանկարծ չգիտեմ ինչ պատճառով ինձ այնպես թվեց, որ մահս մոտեցել է, իբր թե հասնելու չեմ իմ պսակի օրվան... էհ, ուշադրություն մի՛ դարձնի իմ վրա. դու երևի շատ սակավ ճանաչում ես մեզ շվեցարուհիներիս, մենք թեև հչռակված ենք ինչպես կրթյալ զարգացած ու խելոք կանայք, բայց սնոտիապաշտութենե, որ ասես թե ամեն կնկա բնածին է, ազատ չենք: Դու ուշք մի՛ դարձնի իմ ամեն մի արտասուքի ու նախազգացմունքի վրա, դու քու բանն արա, ինչ որ պետք է պատրաստե, ոչ մի հարկավոր բան բարձիթողի մի՛ անիլ. բայց հենց որ գործերդ ավարտեցիր՝ իսկույն շտապե գալու, ես թեև կաշխատեմ սիրտս ամուր պահել, բայց դու ինձ երկար ժամանակ մի՛ թողնիլ. անմեկնելի մահագուշակ վիշտով լցված է սիրտս: Դեհ, սիրական զանձս, իմ մեկ հատիկ ուրախությունս աշխարհիս վրա, գնա, շուտ, շուտ էլ վերադարձիր, ոչ մի րոպե չի դադարիս իմ վրա մտածելու»:

Թողի Մարիին ու սենյակեն դուրս գնացի, բայց դեռևս նախասենյակեն չէի ելել— թիկնոցս ու զալոշներս էի հագնում— հանկարծ ներսի դուռը դղրդոցով բացվեցավ, Մարին դուրս պրծավ, խելագարի նման փաթաթվեցավ վզիս ու նվաղեցավ. հազիվհազ երեսին ջուր սրսկելով ու ճակատին ու քունքերան քացախ քսելով՝ կարողացանք ուշքը վրան բերել:

— Էլի ի՞նչ եղավ քեզի,— ասացի բոլորովին շփոթված. Մարի՛, Մարի՛, հնար չի կա, որ դու կա՛մ մի սոսկալի զաղտնիք ունիս, կա՛մ թե հիվանդ ես:

«Ոչինչ, ոչինչ,— ասաց նա,— միամիտ գնա քու

բանից. միայն թե երկար մի՛ թողնիլ ինձ մենակ... մի՞թե դու չգիտեիր, որ շվեցարուհին սիրելը այնքան հեշտ բան չէ,— ասաց, խոսքը հանաքի դարձնելով ու զորաքի երեսը ուրախ ձևացնելով,— մենք շվեցարուհիներս այդպես ենք, եթե մեկին սիրեցինք՝ մեր բոլոր գոյությունով կսիրենք, և մեր սիրո առարկայեն բաժանվիլը ահա այդպիսի հետևանքներ անի, որն որ տեսար»,— ասաց, և տենդահույզ ցնցմունքներով սկսավ ամուր ծիծաղել:

Ես հանգստացա, բայց կիսով չափ: Նորից առի գդակս ու դուրս գնացի:

Բակ որ մտա, մի օտարական, ըստ երևույթին արտասահմանցի գերմանացի՝ ինչ որ հարցնում էր դռնապանին ու ես, թեև վրան մի առանձին ուշադրություն չի դարձուցի, բայց կարծես թե ականջիս «Մարի» անուն լսվեցավ նոցա խոսակցութենեն: Տունը, ուր կենում էր Մարին, մի փոքրիկ քաղաքի մարդաբնակություն ուներ, հավատս մի չէ, քսան– երեսուն զանազան Մարիներ լինեին նորա մեջ. այդ պատճառով օտարականի հարցուփորձը բանի տեղ չի դրի ու գնացի կառապան վարձելու:

Մինչև որ համալսարանեն վկայագիրները հետ կստանայի, մինչև որ դերձակին հալավներս կապսպրեի, մինչև որ հարմար բնակարան կգտնեի, մինչև որ կահ-կարասիները ու ամանիքը կգտնեի,— շատ ժամանակ անցավ ու գիշերվա տասը ժամը եղավ: Արդեն ուշ էր Մարիին հանդիպելու, քունս չէր տանում, տուն էլ երթալ չէի ուզում: «Արի երթում,— ասացի ինքս ինձի,— քահանայի հետ խոսեմ՝ առաջիկա պսակի մասին ու էգուց, ամեն բանը ավարտած, հանգիստ հոգով, բոլոր օրը միասին կանցնեմ Մարիի հետ»: Էգուց չէ մյուս օր նշանակած էր մեր պսակը:

Քահանային տանը չի գտա. իսկ վարդապետը տանն էր: Ծերունի Եփրեմ վարդապետը (որ այսպիսի բախտախնդիր արկածքների համար շատ պատվական ու հարմար մարդ էր, աստված ողորմի հոգուն) զարմացավ իմ այդպիսի ուշ ժամանակվա այցելությանը: Կարճ խոսքով, ես մեկնեցի բանի բոլոր հանգամանքը:

— Այդ ամենը շատ լավ է,— ասաց նա,— դիցուք թե դու սիրո համար զոհում ես համալսարանը, քու ապագան, քու պատանեկությանը՝ այդ ամենը դեռևս հասկանալի է. բայց ես ինքս ինձի ինչպե՞ս մեկնեմ կամ դուք ինչպե՞ս ինքներդ ձեզի թույլ եք տալիս այդպիսի անհարմարություն, որ բոլորովին հակառակ է ոչ միայն պարկեշտության, այլև խղճմտանքի, քու ասելով հարսդ այն ինչ 3 օր է, որ թաղել է յուր մորը... օրհնածնե՛ր, գոնե ողորմելի հանգուցյալի քառասունքն էլա կատարեիք, հետո... էդ ի՞նչ անժուժկալություն է...

Ու սկսավ գլուխս այսպիսի հոգեշահ գայլի շարականներ կարդալ, մասամբ Թեսավրոսեն (որն շատ սիրում էր կարդալ, բայց մեջի խրատքները ինքն էլ շատ չէր կատարում), մասամբ էլ յուր հորինածներեն: Վարդապետ աստծդ ի բնե խրատատու է, բայց ո՛չ խրատակատար:

Ես պատասխանեցի, որ մենք ստիպված ենք մեր պսակը շուտացնել մի մեծ վտանգե ազատվելու համար, իսկ ինչ որ կվերաբերի հանգուցյալի հիշատակը ըստ արժանվույն հարգելուն, ես խոստք եմ տալիս, նախ՝ պսակիս թագը վեր չառնել գլխես և նաբոտը վզես չի հանել գոնե մի ամբողջ տարի:

«Այդ ջոկ բան է,— ասաց ժպտալով Եփրեմ վարդապետը ու հանգստացավ: —Ուրեմն կարող եք պսակվիլ»:

Թ

Բոլորովին հանգստացած տան վերադարձա: Հովհաննեսը դեռևս եկած չէր, ո՜վ գիտե ո՛ր բարեկամի հետ պանդոկումը թեյ խմում կլիներ՝ երգեհոնի ածած նվագները լսելով, որն առ ի չգոյե լավագույնին, շատ սիրում էինք երկուսս էլ՝ Քերոբն էլ մեր հետ:

Հոգվով մարմնով վաստակած, շորերս հագիս, ընկա բազմոցի վրա ու րոպե չանցած քնեցա: Բայց ինչ քուն: Կհավատա՞ք, տասն անգամից ավելի ահ ու սարսափով տեղիցս վեր եմ թռել այն գիշեր, մինը մյուսից քստմնելի երազները բոլոր այն գիշերը դժոխային արհավիրքներով տանջեցին ինձ. դաշույն, արյուն, թույն, ատրճանակի պայթյուն, դագաղ, գերեզման, պատանքած մեռել— ո՞րը կուզես:

Գնա ու այսուհետե նախազգացմունքի, հոգու վկայության «պարզատեսության» մի՛ հավատար:

Այս բոլոր պատմածիս մեջ մի հովտ սուտ, կամ մտացածին բան, կամ զարդարանք չի կա. ինչ որ գրում եմ՝ բոլորը լուսանկարի ճշտությամբ եղած պատահած բաներ են։

Թեև առավոտը ծառան ինքնաեռը ներս բերեց, բայց ես տան թեյ խմել չուզեցի, ասես թե մի աներևույթ զորություն ինձ քաշում էր դեպի Մարին։ Գդակս առի, թիկնոցս վրաս ձգեցի ու դուրս թռա։ Կառապանը սայլադրանս մոտ կանգնած էր։ Ծախս չարած նստա կառքը, ու կառապանին հրամայեցի ձին քշել։ Թեև խեղճ կենդանին բավական արագ էր վազում, բայց րոպեները ինձ մի-մի տարի էին թվում։ «Շո՛ւտ արա, քշե՛, զա՛րկ ձիին», հրամայում էի անդադար կառապանին, ու անհամբերութենես ուզում էի դուրս թռչել կառքեն ու ոտով վազել, կարծելով թե՝ այդպես ավել շուտ կհասնեմ։ Վայնաչարին, վերջապես հասանք Մարիի տան առջև։ Դռնապանը ինձ որ տեսավ, չգիտեմ ի՛նչ փնթփնթաց, բայց ես նորա խոսքի վրա ուշք չդարձուցի ու վազեվազ սանդուղքներեն դեպի վեր բարձրացա։ Նախասենյակումը շատ մարդոց արագախոս և խառնաշփոթ ձայներ լսվում էին. ոստիկանության քանի մի զինվորներ էին կանգնած, աստիճանավորների թիկնոցներ ու գդակներ ձեռքերումը բռնած։ Զարմացած մնացի, թե այս ի՞նչ էր նշանակում։ Հանկարծ առջևս եկավ Մարիի բնակարանի տանտիկինը ու երեսը սպրդնած, ասաց ինձ. «Մարին հրամայեց ձեզ երկար ապրել»։ Առաջին նվագ նորա խոսքերեն ես ոչինչ չհասկացա. խելագարի նման մի բան էր։— «Ի՞նչ ես հաչում»,— ասացի բարկացած, կարծում էի թե՝ գիշերվա երազներիս շարունակությունն է։

«Հա՛, ջահել պարոն,– հաստատեց մյուս պառավը,— Մարին, աստված հոգին լուսավորե, այս գիշեր թույն խմել է ու մեռել: Մենք բան չգիտեինք, բայց առավոտս որ ինքնաեռը ներս տարանք, նայենք դեռևս տեղերումն է, զարթնած չէ. այդպես երբեք պատահած չէր. նա միշտ վաղ էր զարթնում, խղճուկը, երբ որ մոտեցանք անկողնին և ուզում էինք զարթեցնել, տեսնենք՝ երեսը դեղնած է, աչքերը կիսաբաց ու չորս կողմը կապտած, մարմինն էլ սառած, փետացած: Իսկույն դռնապանին...»:

Այլևս չկարողացա նորա պատմածը լսել, այլայլած ներս մտա, ինչ տեսնեմ...

Է՛հ, այդպիսի բանը կզգացվի, բայց չի պատմվիլ:

Թաղապետի ձեռքումը մի կնքած ծրար կար, հասցեն իմ վրա ուղղած: Հապճեպով, բայց դողդոջուն մատերով կոտրեցի կնիքը ու մոլորված աչքերով կարդացի նամակը, որի բովանդակությունը այս էր.

«Ներե՛ ինձ, սիրական Միքայել, որ իմ բարեկամությունը, բացի վիշտ ու թախիծեն, ուրիշ ոչինչ չի տվավ քեզ այս հինգ օրերը: Բայց իմացիր թե՝ որքան ես քեզ պիտի սիրեի, որ ուրիշին չի պատկանելու համար, քու անունդ հիշելով՝ մեռնում եմ: Հայրս ու մայրս, երբ դեռևս իմ երեխայության ժամանակ, խոսք էին տվել ինձ ամուսնացնել իրանց հինութ բարեկամի միակ որդու հետ, որին ես փեսա էի ճանաչում— քեզ չի պատահած մինչև անգամ կարծում էի, թե սիրում եմ նորան— տասը տարիից ավելի: Երեկ հենց որ դու գնացիր իմ փեսան էլ ներս մտավ, ու հիշեց մեր ծնողաց ուխտը և իմ երդումները: Բոլոր ժամանակ որ նա ինձ մոտ էր, ես լուռ էի, ոչ մի խոսք չարտասանեցի: Մերժել նորան՝ ուխտազանցություն էր. հոժարել նրա առաջարկությանը՝ զորութենես վեր էր. դեպի քեզ ունեցած սերս ամեն սահմաններե անցել էր... Մնաս բարև, իմ սիրական, իմ աննման Միքայել, մի՛ անիծիլ ինձ. իսկ եթե կարող ես՝ երբեմն հիշե անբախտ Մարիին: Այժմ հասկանո՞ւմ ես, անփորձ երեխա դու, ինչո՞ւ թախանձագին խնդրում էի քեզ գողանալ, փախցնել, բռնի կինդ շինել ինձ... դու համառությամբ մերժում էիր իմ խնդիրս, դու չհոժարեցար, առանց մի վայրկյան կորցնելու, ինձ քու կինը դարձնել (ժամանակը շատ կարճ էր), ինձ կինդ անել քու ձեռքն էր, բայց քու հարսդ լինել ես չէի կարող— ես նշանած էի»:

* * *

Որի՞ն ի՛նչ բան, թե որքա՛ն վշտացել եմ, որքա՛ն լացել եմ, քանի՞ տարի խորին սուգ պահել եմ ես Մարիի համար: Այդ ամենը, ինչպես նվիրական գաղտնիք, թող մնան իմ մեջ:

Մյուս օրը իմ ձեռքով հողը դրի թշվառական աղջկա մարմինը ու իմ առաջին սերը: Սգավոր (զուգե և հետաքրքիր) հանդիսականներեն թաքուն՝ դագաղի մեջ սպրդեցուցի լումայատան պահ տված բոլոր փողս:

Մարիի նման չնաշխարհիկ զանձը կորցնելես հետ՝

ժանգոտ ոսկին ի՞նչ արժեք պիտի ունենար իմ աչքումը: